# フリーランスのジタバタな舞台裏

きたみりゅうじ

幻冬舎文庫

目次

茶

# 第一章

# 会社を辞めたのだ

二〇〇一年末のこと、それまで勤めていた会社を辞めて、フリーランスという立場になった。いや、そういう意味では、いわゆる「脱サラ」であり、「サラリーマンを辞めた」と言った方が正しいのかもしれない。

自分という人間は、友人たちから言わせると「超マイペース型人間」というものになるらしい。典型的なB型人間だと言われることも多く、そんな私にとって、サラリーマン生活というのは、やたらとルールが押しつけられる、とても窮屈な暮らしであった。まぁ、単に朝が弱いから遅刻常習犯となって肩身が狭かったというのもあるんだけど、どうにも会社組織というのが自分にとっては「手かせ足かせ」に感じることが多く、なんだか低い天井の下でウンウンと荷物をしょいこまされては、年に一段ずつというスローペースで階段を上らされているような感覚があって、とにかくそんなものが一切ないところで、好き勝手にやってみたいという気持ちがあった。

ちょうど年内いっぱいで辞めるということになったので、送別会は忘年会と兼用で行われた。

「よいお年を〜」なんて毎年交わしていた挨拶が、「お世話になりましたお元気で」に変わり、「さぁ飲みに行きますか」というセリフには、「最後の」という言葉が「飲み」の前にくっついた。

なんだかんだ言っても早い話が
はあ…
またチコクだ…
とにかく朝が弱いもんだから
遅刻しないですむ身分になりたかったと
まあ、そんなところ

いわゆるコンピュータのプログラム開発なんてものを生業としていた会社なので、フリーランスという言葉には多くの人が敏感に反応する。プログラミングという仕事自体は一人でも開業できちゃうし、広いオフィスを必要とするわけでもない。それに加えて、一人で請け負えば報酬だってでかいし、日頃の雑事からも解放されると普通は考えるわけだ。そんなことから、フリーランスとして生計をたてたいと、そう志す人は少なくない業界なのである。

　したがって、「フリーランスになる」と言えば、それは己の実力に誇りを抱き、オレはもっと稼いでみせるぜこの腕一本でな、ハハハハハ……などと考えている人だなんて思われがちであった。自分も多くの人に、どうやらそんなことを思われていたようだ。

しかし実際のところは随分と違っていた。そもそも、プログラマとしてフリーランスになるのではなく、まったく畑違いの分野へと飛び込もうとしていたのである。そこには「オレの腕一本で」みたいな己の実力に対する自信というものはない。あるのは「やれるかどうかはわかんないけど、やってみないとはじまらない」という気持ちだけだった。

「自分も度胸があれば挑戦するんだけど……、がんばってくださいね」

挨拶に回っていると、同僚の一人からそんな激励をいただいた。「度胸」なのかなぁ、どっちかといえば「蛮勇」だよなぁなんてことを思いながら礼を述べた。


自分のイラストが好きだというだけで、そんなことを仕事にできないかと思ったのはもう随分昔のことである。ならばコンテストに応募したりだとか、前向きに仕事を得る努力などすれば良いものを、「キミの絵じゃプロは無理だよ」なんてダメ出しを喰らうのがイヤなもんだから、「思っているだけなら自由だろ」と、何もすることなく無為に時間を過ごしていた。

「自分の他にも自分の絵を好いてくれる人はいるかもしれない」

そうした考えから、自分のＷＥＢサイトを持ち、そこで四コマまんがを連載することにした。それが今から七年前のこと。そうしたら運良くライターの人が気に入ってくれて、自分にイラストを発注してくれたりなどした。さらにこの人は編集プロダクションにも自分を紹介してくれた。おかげでいくばくかのイラスト仕事と、何故だかライターという肩書きで文を書くような、そんな立場を得ることができたのである。

そうして副業仕事をやりながら三年間。最初はフリーランスになることを反対していたカミさんなども、「そんなにやりたいのなら……」と態度を軟化させ、「とりあえず半年間食えるお金を貯めてくれたら、その期間は好きにしてくれてよい」という話になった。世間が不況であったことも幸いした。大企業であることや終身雇用制度などの安心というのは、実は幻想のハリボテくんであった、みたいな風潮が大勢をしめてくれたのである。会社勤めをしていても、フリーランスであったとしても、先がわからないのはどっちも一緒って話なら、そりゃ好きなことをやった方が良いでしょうと、そうした考えがカミさんの中に芽生えたことは想像に難くない。

とにかく不況のおかげで外堀りが埋まってくれて、あと残るは「半年分の蓄え」というハードルだけになった。このハードルには「ただしそれは本業のお金には手をつけず、副業だけで稼ぐこと」という条件がくっついていたものの、「貯めればいいんだろ」ってだけの話である以上、あまり問題ではなかった。

あまりガツガツ貯めようとするのも息がつまってしまうので、ほどほどに稼いではほどほどに遣うということを繰り返していた。さすがに本業副業の二足のわらじ状態は、たまにキツめのストレスに見舞われるため、そんな具合にのんびりペースで行かないと、ちょっと精神的に持たなかったのだ。それでも来年頭には先日執筆を終えた書籍の初版印税が入金される予定であり、これを現在の貯蓄と合計することで、約束の「半年分の蓄え」は達成されることになる。それで、じゃあいよいよ辞めますか、と相成ったわけだ。

もう三十路も目前に迫っている。来年の夏頃になれば子供も生まれて一児のパパさんとなる予定でもある。三十歳のパパさんともなれば、いつまでも揺れてはいられない。「いつかは辞める」と思ったままサラリーマンを続けているのにもそろそろ限界を感じつつあったので、いい加減に「終《つい》の棲家《すみか》」ならぬ「終の仕事」なるものを固めに走る必要があった。

イラストレーター兼ライターとして、間違いなく食っていける自信などはなかった。なんせ畑違いの異業種である。そこでのしきたりひとつとっても、わからないことだらけなのだ。でもそこに可能性を見いだしたままの宙ぶらりんな状態では、職業プログラマとしてもこれ以上がんばることは無理であった。

とにかく次のステップを踏み出すためには、成功するにせよ失敗するにせよ、なんらかの結果をはじき出す必要があったのだ。

忘年会兼送別会は、銀座の裏通りの地下にある日本料理屋で行われた。どうやらウチらの事業部長が懇意にしている店であるらしい。

「仕事回すからさ、一緒に大きいことやろうよ、な！」

対面《トイメン》に座っていた年配の営業さんから、そんな声がとんでくる。「はぁ」と生返事をしながら、もっとくだらない話ができる相手を探してウロウロと席を移動する。

「フリーでやってくの？　それともどっかのソフトウェア会社に移るの？」

「あ、フリーでやっていきます」

「そっかぁ、お前ならやってけるよな、がんばってなぁ」

そんな会話も多かった。しかし、やはりみんなして私のことを「フリーランスのプログラマ」になると誤解しているようだった。

「ダメだったら戻ってくればいいんだからな、だから思う存分試してこいよな」

直属の上司からは、そんな言葉をいただいた。さすがに退職理由を知っているだけに、異業種へ飛び込むのだということも理解してくれている。なんだかんだいっても先行きに大きな不安を抱えた自分にとって、この言葉はかなりありがたいものだった。

忘年会兼送別会が終わり、幾人かと握手をして、さぁおもてに出ようと階段へ向かった。

ちょうど階段を上りきったところには、その年に入社してきた新人くんが立っており、目が合うところちらへ話しかけてきた。

「キタミさんフリーランスになるんですよね、すごいですねぇ」

そんなことを言う彼の目は、ランランと輝いている。

どうも彼は周囲の人から「キタミはスゴイ」というような噂を仕込まれていたようで、常日頃から話をしていると「スゴイスゴイの人」であった。彼からすると、そんなスゴイ人がフリーランスになるというのだから、やはりこれはスゴイ人というものは、会社に依らず食っていくものなんだなぁかっちょいいってなことを思ったりするのだろう。若い子にありがちな立身出世物語勘違いビームを目に宿らせて、そんな色眼鏡でこちらを見ているようだった。

フリーランスの何がすごいものか、と思った。

人通りがまばらになった銀座の裏通りを、有楽町駅方面へ向かって歩く。後方から「帰っちゃうのかよ〜」という声が聞こえてきた。おそらくキャバクラへ行こうぜと計画をたてていた、まだ飲み足りない連中からの叫び声であろう。

振り返り、へべれけに肩を寄せ合っている一群に対して、軽く一礼して手を振る。

明日からは正月休みである。それが終わればみんなはまた会社へと集まり、いつものように仕事を始めるのだろう。

「自分もそのあたりになったら、ちゃんと仕事を開始しないとなぁ」

自宅からの最寄り駅となるＪＲ線の東戸塚駅で電車を降りると、銀座に薄ら残っていた喧噪などもさっぱりと消え去って、街は完全に眠りについていた。本当ならここからバスに乗るのだけども、終電で帰ってきたこんな時間に、まだ走っているバスなどありはしない。見ればタクシー乗り場だけは盛況で、ずらりと背広姿のオジサマたちが並んでいる。げっそりしてしまうほど長い行列を見ると、いったい最後尾にいる人というのは、何時間後に乗れることになるのだろうかと、他人事ながら心配になってしまう。

「最後だし、歩くか」

駅から自宅マンションまで、徒歩でざっと四十分はかかる。しかし仕事が押し詰まってきた時などは終電が当たり前であったため、こうして歩くのもすっかり慣れてしまった。

冬の夜というのは本当に静かなもので、シンと張りつめた空気の中、聞こえてくるのは自分の足音だけである。途中住宅街を抜けるのだけど、明かりがついている家などごく少数で、さらにそのあたりは街灯も少なめになっているため、一気に暗闇が周囲を覆うことになる。夜の濃さが増すにつれて、なんだか静けさも増していくような気がした。

年が明ければ、都会の喧噪から切り離された自分が待っている。ジャリ……、ジャリ……という自分の足音を聞きながら、そのことをじっと考えていた。

# 第二章

# 火だるまゴロゴロ

あらためてサラリーマン生活を振り返ってみると、もとより自分は、会社というものに対する帰属意識が薄かったように思う。なので就職活動の時も、素性のしっかりとした大きな会社へ、なんて気持ちはさらさらなかった。終身雇用なんて知ったことかだったし、なんか見通しが悪いのもイヤだということで、横浜にある小さなソフトウェア開発会社へと就職を決めた。少なからず周囲に反対はあったけども、雇う側、雇われる側、という関係よりも、なんだか全体が一つのチームであるかのような、そんな規模が心地よかったのだ。

そうして自分が社会へと出てきたのが、一九九五年のこと。この年、コンピュータ業界はWindows95の登場や、インターネットというインフラの台頭でなにかと騒がしい時期にあった。

そしてそんな騒がしい中、はじめて満額支給されたボーナスで、つまりは冬のボーナスを使って、これもはじめてとなる「自分専用のパソコン」というものを購入した。

パソコンの購入にあたっては、まだWindows95の熱狂が余韻として残る秋葉原の街を、仲の良かった先輩にお願いして、それこそ一日中かけて連れ回してもらった。実に懐かしい思い出で、さらにこの先輩には以後も何かにつけお世話になるのだけども、とにかくまぁ「パソコンのパの字も知らない」私を連れて、よくも音を上げずに付き合ってくれたものだと今さらながら感心する。

いつになったら
辞められんのかなぁ…
と
じっと
窓の外を見てた

その後ほどなくして、いつかイラストで食えりゃいいなぁなどと思いながら、私はWEBサイトを開設した。平日はイヤってほどに忙しかったので、土日とかの夜に更新するのみの、しかもそれだって不定期な閑古鳥サイトであった。

朝の弱い私にとって、サラリーマンという職業はまったく向いてないというほかなかった。とにかく朝起きることができないのだ。新人の頃はそれでもなんとか遅刻常習化は免れていたものの、これが二年目、三年目となるにつれ、いよいよ「遅刻しない方が珍しい」ところにまで悪化していった。なんせこちとら幼稚園の頃から遅刻に関しては常習犯である。三つ子の魂百までともいうが、要するに年季が違うということだ。

ただ、仕事は覚えが良かったらしく、それなりに「デキる奴」という評価を得ていた。こと仕事となれば、会議の時間しかり、システムの納期しかりと、私は時間厳守野郎であったというのもある。遅刻常習犯と化した私にとっては、これが唯一の救いでもあった。

しかしよくよく考えてみれば、仕事がデキる奴となるにしたがって、ヒトの尻拭《ぬぐ》いなるものに割かれる時間が半端なく多くなっていったのだ。それこそ質問などに応じていたら、自分の仕事に取り掛かれる時間は夜の十時からだった、なんてことも決して珍しくはない。毎日終電で帰り、風呂に入って晩飯食ってなんだかんだとしていたら夜中の三時である。そりゃあ毎日定時に帰って楽してる奴らとは、遅刻の確率は比べもんにならんだろとか、思ったりもする。

秋葉原を案内してくれた例の先輩などは、自分よりもさらに過酷な立場で働いていた。まず家に帰れないのがデフォルトであり、たまにタクシーで風呂だけ入りに帰っちゃったりすると、まず間違いなくうっかり寝入ってしまうことになり、あらまたいへん大遅刻……なんてのがお約束だった。

学生じゃないもんで、遅刻すると「すんませんでした〜」だけでは済ませてくれない。有給休暇を半日分消化するか、ボーナスの減額か、である。私は常に有休の残り日数をひやひやしながら数えていたが、先輩はそんなもんなどとうに使い切ってしまい、いつもボーナスからいくばくかのお金を差引かれていたようだ。

しかし、他人の尻拭いとか、売上計画達成のためといっては、無理が利く奴にどんどん仕事のっけちゃえとかで、他人よりたくさん仕事をさせられた結果がそれなわけだから、これは考えれば考えるほど、なんか納得いかないぞという気持ちが芽生えてくる。なんだか会社のルールだとか、いやいや社会人のルールというものにまで、抑えがたい陰鬱《いんうつ》とした気持ちが湧いてきてしまい、それこそ遅刻したって、「やるこたぁやってんだから、文句言うなオラァ」などと、正直開き直りたくなることも増えてくるのである。

しかししかし、自分よりも仕事をしていて、先輩とも同じくらい過酷な立場にいたもう一人別の先輩というのもいて、この人はまったく遅刻などとは無縁の生活を送って見せていた。そんなのを見せられちゃあ、こっちの言い訳なんかに説得力はない。しかもこの人ってば、実は上司であるのと同時にもともとは私の教育係でもあったのだ。かくしてこの人の前では開き直りも利かず、「遅刻するな」と言われれば、ただもう黙って「ゴメンナサイ」と頭を垂れるしかない日々なのであった。

開設したWEBサイトは、四コマまんがの連載をメインとしていた。当初はグラフィックソフトの扱いがよくわからず、おかげで酷《ひど》い出来のものが多かったけども、話数を重ねるにしたがって少しずつ改善の方向へと向かっていた。そしたらばポツリポツリではあるけれど感想も届き始めるようになって、しかもそれが好意的なのばかりだったものだから、俄然《がぜん》おもしろみは増していった。

「どうやら独りよがりではないらしい」

この頃くらいから、自分のイラストに対して、そんな実感が持て始めた。

ところが前述のように、会社はアホらしくなるほど忙しかった。不思議なくらい仕事を山積みにしてくれるので、更新の時間をつくることはますます難しくなっていく。いよいよ会社へと泊まり込む回数も増えていったので、早晩更新どころかいただいた感想メールに対するお礼すら、出せなくなるであろうことは想像に難くなかった。

そんな中にあって、会社の側はますます社員に対して無理を強いようとしていた。なにせ不況のまっただ中である。銀行の貸しはがしから逃れ、しかも追加融資を受けるためには、たとえ見せかけであろうとも、売り上げ額が順調に推移している必要がある。そのために打ち出された方針は、とにかく拡張、とにかく拡大なのであった。

開発部内には、なぜかコンピュータのコの字も知らない人が散見されるようになった。そんな人たちの一部が「営業」を名乗り始め、社内には彼らが取ってきた、どう考えても採算の合わせようがない仕事が溢れかえり出した。今年入ったばかりの新人は、プロジェクトリーダとして各方面に派遣されて、やがて火だるまになったプロジェクトを抱えて「どうしましょう」と涙目になっていた。

　これに対して会社が出した回答は、「さらなる未経験者たちの雇用と、それらを使った人海戦術的火消し作業」なんてものであった。こんなもの、功を奏すわけがない。

　当然のことながら、どのプロジェクトもケツには炎が燃えさかり、まっとうな開発経験を持つ少数のリーダたちは、自分の仕事を抱えながら、さらにそうした火だるまプロジェクトの火消しへと駆り出されるはめとなった。

　ところが社の拡大路線はこれでもまだ止まらない。火消しをしているまっただ中にも、素人による受注と素人による開発の「火だねプロジェクト」は次々開始され、見事な火柱を作り出していく。

　やがてまっとうなプロジェクトなどひとつもなくなって、火を点《つ》けてまわる素人たちと、火消しに専念してあちらこちらを掛け持ちするリーダたちという、まったく本末転倒な阿鼻叫喚図が社内には繰り広げられることになっていた。

「もうこの会社はダメだな」

　社会に出て、三年半が経過したあたりだった。自分の成長と、自分の将来とを考えた時、この会社でできることはもうないなという結論が出た。それで、会社を辞めることにした。

「アイツ腐りやがったよ」

「アイツあきらめちまいやがったよ」

上層部からは、そんな罵声ばかりが耳に入る。「自分の人生をあきらめたくないからこそ、この会社を去るんだよ」と、そう思った。

結局この会社は退職願いすらまともには受理してくれず、まっとうな辞め方をすることは叶わなかった。新卒からここまで働いてきた職場である。まがりなりにも愛着のあった会社なので、それは悲しくもあったけども、それより自分のために自分の時間を投資できる身分になることが、とにかく何よりも大切なことであった。


次の就職先には、もう少し規模の大きな会社を選んだ。

ワンマン経営な会社というものは良く知ることができたので、今度は「会社組織」なるものをもっと良く知りたいと考えた。自分の考える会社像を確認する意味も含め、ある程度整った制度を持つ会社が、どのように運営されているものなのかを確認したかったのだ。それにはとにかく、前職とは異なる風土の会社を観察する必要があった。

もうそんな観察とか考えている時点で、この会社に骨をうずめるつもりのないことがありありとわかる。流れに身を任せた結果として、そんなことになればそれはそれでいいと考えてはいたけれど、それ自体が目的というわけではなかった。

　こちらの会社へと通うようになった後、実は時を同じくして労働基準監督署なるものへ私は出入りするようになっていた。前職の会社さんを訴えるためであった。

　本当は辞めた会社なんてどうでも良かったのだ。しかし未だ在籍している後輩とメールをやり取りしていたところ、やはり自分の時と同じように、退職願いを受け取ってもらうことができないのだと嘆いている。健康にもすでに変調をきたし、入院を勧められていた子のことなので、正直それはちょっとしゃれになってないじゃないかと、やたら頭にきたことを覚えている。

　ちょうど自分の場合は、最終月分の給与をまともに支払ってもらえなかったりと、手頃なつっこみどころが見えていた。それで、とりあえず自分のケースを労働基準監督署へ訴えることにしたのだ。

　辞めたいという人間に対して、ルール無用で好き勝手な扱いをすれば、その後には多少なりともめんどくさいことが待ってるよと、そう思ってもらえれば少しはマシになったりするかなと考えたわけだ。なので単に「嫌がらせ」レベルの効力があればそれで良かった。

　これが功を奏したのかどうか私は知らない。その子はいずれにせよ無事退職することができたので、後のことはどうでも良くなってしまった。自分の評判はむちゃくちゃ悪くなってるんだろうなとは思ったけども、それも今となっては知ったこっちゃない。

さて、新しい会社さんでは、そんな物騒な行いをしていたにもかかわらず、当初想定していた通りに、就業後の自分の時間というものをたっぷりと持つ余裕ができた。自宅から最寄り駅まではバスで十分。新しい職場はその駅前のビルに入っていたので、通勤時間などほぼ無きも同然である。さらには「年齢相応に」と転職時に役職を再設定されたため、給与は前職と変わらないくせして、なんと一担当者としての仕事をすれば良いと言う。残業代だって、一〇〇%キチンと支払われるのが当たり前なのだとも言う。以前のような責任まみれの忙しさなんてものは有り得なくて、ちょっと忙しかったねなんて月にはお小遣いまで付いてきて……、いやはやこんな会社あるんだなぁと思ってしまった。

終業後、家に帰ってテレビをつければ、水曜の夜には定番の、子供向けアニメ番組などをやっている。カミさんと二人して、「こんなのがやってる時間帯にアンタが家にいるなんてねぇ」などと言い合いながら、夕飯をいっしょに食べられる生活ってのは良いもんだなと思ったりする。

食後でもまだ時間があるので、WEBサイトの更新に費やせる時間も格段に増えた。おかげで廃墟と化しかけていたWEBサイトは活気を取り戻し、四コマまんがも話数をちゃくちゃくと増やしていく。そういえばこの頃は、以前一緒に仕事をしていた人から頼まれて、ちょっとした開発仕事や、アドバイザーとしての質問対応などを行い、少しばかり副業づいていた時期でもあった。場合によっては、このままプログラマとしてフリーランスになるのもいいかなと、そんなことを考えたりもしていた。

そんなある日、傍嶋《そばじま》恵子さんなる人物から、一通のメールが届いた。テクニカルライターとして、多くの著書を持つ方であった。

「今現在執筆中の本へ、挿し絵をお願いしたいのですが……」

そのメールには、そんなことが書かれていた。自分のイラストに、対価を支払う価値があると、はじめて認めてもらえた瞬間だった。

すべてが順風満帆に見えたそれから三ヶ月後、会社はあっけなく倒産した。

「会社を精算することになりました」

そんな通達が出たのは、入社してわずか三～四ヶ月後くらいのことだったと思う。あまりに急な話で周りの社員さんたちが取り乱す中、まだ根っこを下ろしきっていなかった自分としては、「ああ、また転職活動か」と思う程度で、動揺というのはほとんどなかった。それどころか、「ああ、オレって奴はまったくなぁ」と半分笑っちゃったりもしていた。

家に帰ってカミさんにそのことを告げると、「アンタって人はほんとにまったく飽きない人だねぇ」と大笑いされた。やっぱりそうだよな、笑っちゃうよなこれはということになり、二人して大笑いした。

会社はたたむことになったものの、事業は関連会社へと切り売りされて、そのまま継続することになっていた。あんまりアチコチ転職活動を繰り返すのもバツが悪いので、フリーランスへの道筋をつけるまでのちょっとの期間であれば、もうこのまま流れに任せてりゃいいかと、おとなしく促されるままに次の会社へと流れていった。

次の会社へは、一九九九年の春から通うことになった。結局二社目の会社には、半年間しか在籍していなかったことになる。異例のスピード出世……ならぬ、スピード転職であった。

新しい会社は東京の銀座を抜けて、さらに築地を抜けての先なので、今度は片道で二時間も通勤時間に食われることとなってしまった。往復で言うと四時間である。一日の六分の一である。しかも終電近くなればバスがないので、駅から徒歩で帰ることになる。そしたら四時間なんかじゃ済みゃしない。これはバカいっちゃいけませんよ、こんなんすぐ辞めますよ、しゃれになんないっすよの距離であった。ただし、もうこの頃になるとカミさんとも「フリーランスになりたいなら」と話し合いは済んでいて、あとは貯蓄のたまり具合と仕事のタイミング次第という状態になりつつあった。だからこそ短期だしなんて我慢することに決めたのだけど、それがなかったら多分別の会社へとっとと転職活動をしていただろうと思う。

「今年の夏に辞めようか」

そう思った二年目の春には、新人の教育係に任命されてしまい、やむなく退職時期を一年ほどずらすことになった。

「今年の夏こそ辞めてやるぞ」

そう思った三年目の春。今度は関連プロジェクトが火を噴いちゃって、当初予定していた夏には辞めるに辞められない状態となってしまった。

本当なら夏のボーナスをもらって退職のはずだったのである。上司とも、そういうことで話はついていた。ライターやイラストレーターとしては連載も持っていたし、単発の仕事だってポツリポツリともらえることが増えてきた。はやく全力でもってそっちの世界で試してみたいと、強く思うようにもなってきていた。

仕方なく退職時期を延長したものの、なんでだか関連プロジェクトはいっこうに終わる気配を見せてくれなかった。こちらのプロジェクトでは、その関連プロジェクトが作成したプログラムを流用する予定だったので、そっちが終わってくれなきゃ肝心の部品が揃わないことになる。それでは当然こちらのプロジェクトも終わらせようがないのである。

それは困る、いい加減に終わらせてくれ。そう願うものの、やはりまったくそちらのプロジェクトときたら、いつまで待っても終わる気配なんて見えないのであった。

いよいよ年末が見えてきて、このままじゃあ冬のボーナスをもらったらトンズラだいというのも難しくなっちゃうじゃないのさよと、そんな気配が色濃くなってきた。どうやら関連プロジェクトを指揮しているお方は、どうにも正しい試験というのができないらしい。何度も何度も「無事、プロジェクト終了しました」と表明し、こちらへ完成したというプログラムを投げてきては、「バグだらけで使い物になりません」と突っ返されるの繰り返しだったのである。

パッケージ商品として売られる予定の品だったため、営業サイドからも突き上げは日々激しくなる一方である。実際「待ったなし」のところはとうに過ぎ去っていて、「ふざけんなよコノヤロウ」というところまできていたのだ。

「ああ、結局最後までこうなんかな」

半ばあきらめの気分で、私は関連プロジェクトの管理者さんへとダメ出し宣告をすることにした。それは、以後の管理をすべてこちらで行いますよの宣言であり、これによってそのプロジェクトで行われる試験は、これ以降すべて実質的に私の監視下へと置かれることになる、ということを示していた。

十一月も半ばを過ぎた頃、サラリーマン生活最後となるプロジェクトは、管理しなければいけない人員やスケジュールなどを大幅に膨らませながら、火だるま状態となってゴロゴロと師走を駆け抜けていくことになったのである。

# 第三章

# 隠居生活のはじまり

喉元過ぎればなんとやら……。いくら師走をドタバタ忙しく駆け回ろうが、そんなものは正月休みを二〜三日ゴロゴロ過ごせば、「あら、そんなこともあったわね」なんて、あっという間に過去の話となり果てていく。

そうしてる間に年は明けて、記念すべき二〇〇二年がはじまった。フリーランスとして迎える、これが最初の年である。

ただ、年が明けたからといって何が変わるわけでもない。相も変わらず私はゴロゴロと過ごし、そうしてゴロゴロとしたまま正月三が日も終わろうとしていた。例年なら、「ああいやだ、もうすぐ会社がはじまっちゃうよママン」などと嘆くところである。ところが今年の自分にはその必要がなかった。なぜなら出勤場所がないからだ。

本当なら嬉しいはずの現実は、誰からもお声をかけられないような、そんな取り残された感じで妙に落ち着かない不思議な気分だった。

出勤がなくなったとはいえ、私には別の「日課」なるものがあった。カミさんの送り迎えである。

当時銀行勤めをしていたカミさんは、妊娠して腹が大きくなりはじめた後も、かわらず勤めを続けていた。勤続十年を超えれば退職金だってはね上がるので、すでに九年目となって

朝夕と
迎えの
車を
走らせてると
どうにも
「ヒモの人」で
あるかのような
錯覚をしてしまう

いた彼女からすれば、まだここで辞めるわけにはいかないという気持ちがあったし、何よりここへきて収入が不安定になりやがった旦那を抱える身としては、自分までが職を失ってよいものかという怖さがあった。辞めずに産休を選べば休んでいる間もお手当てが支給される。ウチら夫婦にとって、それは決してバカにできない額だった。

朝は六時過ぎに起き、車で三十分ほど行った先にある、桜木町という駅で彼女を降ろす。ここなら始発駅となるので、ゆっくり座っていけるという算段なのだ。本当なら支店まで直接送り迎えできればよいのだろうけども、「支店まで送り迎えしてもらうのはこっぱずかしいからイヤだ」と彼女は言うし、そもそも去年までは自分だって通勤があったので、これ以上遠くなってしまうと時間的にムリがあった。そんなわけでこの駅が、ちょうどよい落としどころだったのである。

カミさんが駅構内へ向かうのを見届けてから、駅のバスロータリーをぐるっと周り家路につく。帰り道、ぼーっと信号待ちをしながら、よく考えたら昨年末はよく働いたもんだよなぁなんてことを考える。こうして朝送った後で出勤して、例のドタバタで帰るのは午前様。帰った後には副業の書籍が締め切り前だったので、それをガシガシと執筆して、明け方眠りについたと思ったらさして間を置かずにまた車を出して……の永久ループ。

「あんなのはもうやりたくないな」

心の底からそんなことを思った。もっとも次にサラリーマンをやるとしたら、それは今の仕事が失敗した後である。その時にはこっちの業界には縁がなかったとあきらめて、いさぎよくサラリーマンに専念しているはずなので、やりたくともできない話になっているだろうなと思われた。

家につくと、ベッドがおいでおいでしているように見えた。バスンと飛び込んでみれば、これがまた信じられないくらい気持ちいい。あれっと思う間もなく、寝息をたてて深い眠りにつく自分がいた。

昼前に目が覚めて、いやいやいかんなうーんと唸りつつパソコンのある部屋へ移動する。とはいえさてどうしたものか。考えるまでもなく、目先の仕事がないのであった。

アテがまるでないというわけではない。昨年末の段階で、懇意にしてもらっている編集プロダクションさんから「ネットワークのＨｏｗ Ｔｏ本を書かないか」と打診はいただいていた。おそらくこれが、フリーとなっていっぱつ目のお仕事になることだろう。

しかしそれについてはすでに企画書を書き上げていて、先方へと送付済みなのである。後は出版社の編集会議でどのような結果が出るかを待つだけ。こちらがやることなんてものはない。

じゃあ他にもいくつか企画書を作っておいて、先の先の飯のタネまで確保しておきましょうやとなるのだけども、それを持ち込む先となる出版社に心当たりがないのだ。仕事の多くを編集プロダクション経由で受けていたため、版元の編集さんに直接の知り合いなどいないのだった。

「そんなの意に介さず、とにかく持ち込んでみるものなのか？」

わからなかった。そうすべきだとも思えるし、意味ないよとも思える。

そんなことを考えていると、どうも気のりしないまま時間だけが過ぎてしまい、企画書なるものはまるで形になってくれないのだった。

腹が減ったので冷蔵庫を漁り、なんだ何もないなぁとブツブツ言いつつ今度は食器棚を漁る。結局企画書作りにまるで集中できないので、ついついこうした現実逃避をしてしまうのだ。まぁ、いわゆる「お昼休み」ということでいいかと、誰にあてるでもなく言い訳をしたりなどする。

食器棚の開き戸奥にカップ麺を見つけたので、それを今日の昼飯に決定する。テレビをつけてみると、ムネオだマキコだとかしましい。お湯が沸くまでの間ながめていたら、政官の癒着がどうこうとか、女の涙はどうこうだとかいう喧嘩を議員同士でやっているのだ。これがニュース番組の中で因縁の対決風にクローズアップされており、その低レベルさがかなりおもしろい。

結局カップ麺をズルズルすすりながら、それでマキコさんの言い分はどうなのさと、最後までしっかりと見てしまった。多分明日も見ちゃうんだろうな、なんてことを思う。

お腹がふくれて、まったり幸せ感を味わっていると、ニュースの内容はアザラシがどこの川に出現しただとか、顔色を見る限り体調がすぐれなさそうだとか、果てしなく「どうでもいいよそんなことは」なんてものに変わってしまった。あまりにもつまらなさ過ぎるので、「年末に買ったはいいけどまだ全然遊べてなかったよ」というテレビゲームをやることにする。せっかくのお昼休みなのだから、楽しまなきゃ損というわけである。

冬の夜は早く、午後五時を過ぎる頃には、完全に日も落ちてしまっている。

「いかん、カミさんを迎えに行かなきゃ」

慌ててそんなことを言う私の左手には、お昼休みと変わらずジョイスティックが握られたままなのであった。

そんな暮らしを一週間ほど続けていると、いよいよ自己嫌悪もごまかしようがなくなってくる。これまで明確に「これをやって稼ぎました」なるお仕事はない。ただダラダラと過ごしていただけである。

まぁ、最初っからそんなトバすこともないでしょうと、それは確かにそうなんだけど、それでもキミちょっと今の状態はまずいんじゃないのかいと、天使さんと悪魔さんがひとつ頭の下で喧嘩しているのだった。

「まずいよなぁ」

カミさんをお迎えにと車を走らせながら、そんなことを思う。

駅前で車を停めて待っていると、カミさんが大きな買い物袋を二つぶら下げてやってきた。おいおいそんな重い物持って大丈夫なんかいなと、買い込むんだったら土日にいっしょに行けばいいじゃないかと言えば、メロンがやたら安かったのだなどと言う。カミさんは妊娠して以降、以前にも増して「メロン大好きっ子」になっていたのであった。

買い物袋を持ってやって、そら車に乗りなさいと促す。いっしょに車の方へトコトコ歩いていると、しかしどうもこれはキミ、俗にいうところの「ヒモの人」ではないかなと、そんなことを思ってしまう。実際にはサラリーマン時代と変わることなく月の給料を家に入れていたので、まずそんなことを言われる筋合いはない。ないのだけれど、どうも日々の生活を顧みるとそんなことを思ってしまうのだ。

「いっそ早く決まってくれたらいいのに……」

今、出版社で編集会議にかかっているはずの企画、あれの承認さえ下りてしまえば、否が応にも仕事に没頭しなきゃいけない状況が作られる。ウダウダと煮え切らないまま企画書をこねくり回すよりは、それは随分と健全な日々であるかのように思われた。


祈りが通じたのかどうか、それからあまり間を置くことなく「技術評論社の編集会議で承認が下りたよ」と、編集プロダクションの方から連絡が入った。一月も半ばを過ぎたあたりのことである。

これでお仕事が開始できると喜んだのはもちろんだけども、そもそも「一月中には企画を通して仕事を確定させる」というノルマを自分に課していたので、それが達成できたことに少し安堵した。まずは第一関門のハードルをけつまずくことなくクリアできた、そんな気持ちだった。

しかし企画が通ったからといってのんびりしている暇はない。フトコロ具合からいって、できれば二ヶ月、悪くとも三ヶ月後にはすべて書き終えている必要があったのだ。なんせ本を書き上げたってすぐにお金が入ってくるわけじゃない。初版印税の支払いまでには、書店に並んでからさらに二〜三ヶ月程度の期間を要するのが普通である。半年ぽっちの蓄えでは、まさに「自転車操業」といった感覚で仕事を回転させないと、それこそあっという間に資金がショートするのは目に見えていた。

「てへへゴメン、お金なくなっちゃった」

もしそんなことをカミさんに言おうものなら、即座に就職情報誌を激しく顔面へ叩きつけられることは必至である。ひょっとするとお腹の中にいる赤ん坊にだって、その時の模様は印象深く焼きついてしまうかもしれない。そうでなくとも、「ダメパパ」と胎教されてしまうことだろう。それでは「家族からしいたげられる悲しきパパさん」なる役どころはほぼ確定であり、グレた娘に説教もできず積み木なんかも崩されっぱなしとなってしまうに違いない。ああいやだあんなホラー映画もどきな暮らし、などとちと途方に暮れかける。なんとしてもそれだけは回避せねばならなかった。

そうした恐怖もあったので、通帳残高というのは生来の怠け癖に対してこれ以上ない特効薬であった。しかしそれでやる気は向上しても、残念ながら能力まではドーピングできやしない。「書いては消し書いては消し」となってしまう効率の悪さはいかんともし難く、「望ましい」と考えていた二ヶ月という期間では、とうとう書き上げることは叶わなかった。

結局書き上がったのはそれから一ヶ月後。ギリギリ及第点となる「三ヶ月後」のことだった。

「遅々として進まぬ筆を持つ男」な私としては、これでも随分がんばった方だなと思う。

書き終えた書籍が書店へと並びはじめ、打ち上げと称した編集さんやデザイナーさんたちとの飲み会も終わった頃、カミさんが産休に入りはじめた。これで朝夕の送り迎えもなくなって、いよいよ家族揃って「スケジュールが何にも縛られない暮らし」が始まることになったわけだ。

妊婦さんには散歩がいいよということで、次の日からは毎朝近所のスーパーまで散歩がてら買い物へ行くことになった。

「どうせアンタ家の中に一日こもってるんでしょ、それも良くないよ」

そんな理由もあった。

自宅から近所のスーパーまでは坂を上ったり下ったりして約二十分。その途中には大きな公園があり、いつの間にかここで少し遅めの朝食を取るのが二人のお約束になっていた。スーパーで揚げたてのコロッケやカレーパンなどを買い、それが冷めないうちにここでバリバリいわせながら食べる。これがもうたまらなくおいしいのである。

「ああ、天気がいいなぁ」

ちょこんとベンチに腰掛けて見上げると、随分と空が高く、そして青かった。

そんな空の下でカミさんと二人、焼きたてのパンをほおばって、のんびりと時間を過ごしている。

「きれいだなぁ〜、平和だなぁ〜」

ハタから見れば、まるで隠居したじいちゃんとばあちゃんそのものだ。思えば半年前からは、想像もつかないほどのんびりとした日常である。

けれどもなんだか、妙に足下が覚束《おぼつか》ない。

先日出版された書籍は、「売れない」とまでは言わないものの、「売れた」と言えるほどの売り上げにはなっていないようである。増刷はおそらくアテにできないであろう。打ち上げの席で「次はこんな本をやろう」なんて話は出たものの、それだってあくまでも酒の席で出た話であり、実際今のところ何の連絡もない。これもアテにはならない。

次の仕事の話など、何も決まってなかった。

運良くいっぱつ目は無事乗り切れたものの、またもや一ヶ月以内に企画を通すことができなければ、その時点で先々干上がってしまうのは確定である。

書籍を仕上げた後の、支払いまでにかかるタイムラグが予想以上に厳しかった。

つきぬけるほどに青い空は、あまりにも高いところにありすぎて、見れば見るほど気持ちを落ち着かなくさせていく。何か広い空の中に、自分たちだけがポツンと取り残されたような、そんな錯覚を覚えるのだ。

急速に、世の中との距離が遠く引き離されていくような、そんな気がしていた。

# 第四章

# 自由は冷や汗とともにある

「確かCGIサーバうんぬんって本の話があったよな」

前回の本でもお世話になった編集プロダクションで、そんな企画の話が出ていると以前耳にした覚えがあった。もしやるとなったら出来るかと聞かれて、その題材なら多分大丈夫と答えたまま何の連絡もない。もっとも確定ではないと言っていたので流れてしまったのかもしれないが、もしそれがまだ生きてる話なのであればぜひとも押さえておきたかった。

近況報告も兼ねて「その後どうなりましたか」と伺いをたてたところ、ならばということでさっそく出版社へ出向いて打ち合わせしようという話になった。どうやら話自体は有効であったものの、企画案をとりまとめる人間がいないということで保留状態になっていたらしい。急だけども、明日の夕方に来てくれということになった。

今ひとつ全体像はつかめてない話だった。それでも一応、とりあえず叩き台となる企画案をざっくり作って持参することにした。行ったはいいものの、どこから話したものやらねと全員で固まってしまったりなんかしたら怖すぎる。そうした「もしも」を避けるためには、こんな企画案でもないよりは随分ましだろうと思えたのだ。

当初は夕方五時に待ち合わせる約束であったが、当日になって出版社側から「用事がある」と連絡が入り、少し時間を早める必要が出た。同行する編集プロダクションの人は、早めるにしても四時が限度、確実なのは四時半だということで、四時〜四時半の間でなるたけ

この出版社近くの
公衆トイレには
壁に
こんな
ラクガキが
ある
これを
書いた人は
よほど悔しい
思いをしたのだろう
○○○社はサイテーの出版社だ!!
モチロン本物は実名

早く出向けるようにと、私はその時間近くなると出版社付近でただじっと待ってなきゃいけなかった。

この出版社は業界では老舗な方であり、自分もプログラマ時代には幾度となく耳にしていた名前であった。はじめて見たが建物は歴史のありそうな自社ビルで、中に入れば皆がスーツを着込んでいる。前回お仕事した技術評論社を含め、今までおじゃましたことのある出版社では皆さん私服でうろちょろしていたもんだから、これは随分とお堅い感じだなという印象を受けた。どうも「コンピュータ書」というよりは、「理工学書」といった方が似つかわしい。奥の方に行けば、大学の教科書なんかが出てくるんじゃなかろうかと、そんなふうに思えた。

受付で編集プロダクションの方と二人して待っていると、めがねをかけた長身で痩せっぽちの男がやってきた。口ヒゲが少しばかりダンディであるけども、同時に理工系特有の神経質そうな雰囲気も醸し出している。この人がどうやら担当の編集さんであるらしかった。

案内されるにしたがい奥へ進むと、もうひとり、今度はめがねをかけた太っちょさんがやってきた。どうやら上司ということのようだ。先の人より年配ではあるが、この人も同じく理工系特有の神経質さを醸し出している。

打ち合わせがはじまってすぐにわかったことなのだけど、「ＣＧＩサーバうんぬんという本の話」は、まるで何も決まってないといってよかった。いや、決まってないどころか、「そんなん雑談の時にちょいと出た話ですやんか」といったものであり、「ああ本当にその話するんだ、まあ聞きますけどね」みたいな空気が漂っている。ところが編集プロダクションの人にしても、「より詳しい話を聞いてですね」みたいなスタンスでいるもんだから、どっちも聞き役となってしまい話が前に進まない。

これはヤバい……。そう思った。

「あ、あの、き、企画書を作ってきましたので、これを叩き台として……ですね」

あわてて「ないよりましな企画案」を取り出した。必死だった。

この話が消えてしまえば、仕事を得る糸口は完全にぶっつりと途絶えてしまう。そうそう都合良く次の仕事が見つかってくれるとも思えなかったので、なんとしてもここは死守しておきたかったのだ。

幸いにもその企画案が功を奏してくれて、一時間強ほど続いた打ち合わせはどうにか実のあるものになってくれそうであった。結果としてこの話は「本決まり」とまではいかないものの、継続して検討が進められることに決まったのだ。感触としては悪くない。このまま詰めていけば、無事に企画は通ってくれそうだと思えた。

しかしまぁ、先方のお二方ときたら、随分と皮肉めいた言い回しを好む人たちであった。ならば不評なのかなと思えばさにあらずだったりして、いちいち好意的に解釈したものかそれとも字面通りに受け取るべきかと悩んでしまう。特に太っちょ上司さんの側に、そうした傾向が強かった。

そういえばシステム開発の現場にも、そうした性格の人は多かったように思う。さすがは老舗の理工系というべきか、なんだか少しだけ懐かしくもあった。

打ち合わせから数日が過ぎた日のこと、その出版社から電話がかかってきた。

てっきり用件は先日の企画についてだろうと思っていたが、電話口で聞く相手の名前にはとんと聞き覚えがない。それもそのはず、電話の主は初対面の方だった。

「VisualC++　の本をお願いできないでしょうか？」

電話の主はそんなことを言った。

なんでもちょうどその企画を検討中で、「良いライターさんいないかなぁ」などと探していたところ、元プログラマなライターさんが打ち合わせにきたよという話を聞いたのだとか。

言うまでもなく、「元プログラマ」とは私のことだ。

元プログラマであれば、VisualC++　はおちゃのこさいさいであろう、そう思った彼は
「そりゃあぴったりだ」と考えて、さっそく名刺を見ながら電話してきたのだと言う。

VisualC++　というのは、いわゆるコンピュータプログラムを作るためのソフトウェアであり、システム開発の現場では定番ともいってよい奴である。確かに自分も飯のタネとして長年使い慣れ親しんできたものであるし、それなりに「こう勉強すべきだ」みたいな気持ちもある。いやいや実際その考えに基づいて新人教育も行ってきたので、言葉は悪いが自分の中では「テスト済み」理論であり、けっこう良かったんじゃないの？　なんて自負もある。

それを本にできる。これは、かなり興味をそそられる話であった。

しかもそれだけではない。VisualC++　といえば定番のソフトウェアであるだけに、技術系出版社では必ずラインナップとして持っておく本である。いわばMicrosoft Wordだと

かMicrosoft Excelとかと同列の「なきゃ困る書籍」であり、そうしたものはソフトウェアがバージョンアップするたびに必ず本も新しくなる。つまりは「一度やれば、定期的にお仕事の口が回ってくる本」ということになるわけだ。

これは自分のような者にとっては、実に「オイシイ本」といってよかった。ところがまぁ、「ラインナップにあって当然」な本であるだけに、既に名のある著者さんの手によって書かれているのが当たり前で、出版社からすれば「同じ本はふたつもいらない」なのであり、「市場を食い合う本もいらない」なのであり、つまりは今さら私のようなものが入り込む隙など「ない」なのである。普通は。

それが回ってきた。これはもう胸がドキドキ高鳴ってしまうのもアンタ無理ないわよぉという話であった。

「できれば上下巻の二冊組で行きたいと考えています」

電話の主は、さらにそんなことを言った。胸のドキドキは「カケル倍率ドン」ってなもんで、さらにその周期を速めていく。間違いない、二冊組ともなれば間違いなく出版社的に本気の本である。先に述べた定番本としての地位を占めるのは確実だと思われた。

「どうでしょうか？」

どうですかもこうですかもなかった。やりますやりますぜひともやらせていただきますなんて息継ぎも忘れてひと息に言って、より詳細な話を伺いに行く日程を決めた。受話器を置いた後は、しばらくずっと頬が緩んでしょうがなかった。

先日の企画とあわせれば三冊にもなる。そんなに仕事の口があるだなんて、少し前の状況から考えると夢のような話だ。それだけ決まってくれれば、しばらくは安泰であろうと、私はほっと胸を撫《な》で下ろした。

「さてさて、どんな内容がいいかねぇ」

プログラマ時代には、「こんなんただのマニュアルじゃんか」と悪態をつきたくなる本もたっぷり見てきた。そうじゃない本、読みやすくキチンと実になる本というものを、がんばって書き上げたい、そう思った。

プログラマだった頃を思い返しながら、「自分が欲しかったのはどんな本だったか」ということを、ゆっくりとゆっくりと頭の中で反芻《はんすう》する自分がいた。

まずは先方の詳しい話を聞かなきゃはじまらない。数日後、電話で約束した通りに、私はまたもや同じ出版社を訪れていた。前回の四人掛け机と違い、今度は十人ほどは座れそうな、大きな会議机の場所へと通された。

電話をかけてきた担当者さんと、またまたその方の上司さんが同席することになった。今度はどちらかというと「文系肌」な感じのする人たちで、おだやかなのんびりした話し口調が前回の二人組とは対照的だった。

「.netがキーワードなんです」

席上で担当者のN近さんはそう言った。

どうやらこの出版社では、秋口あたりに出ると噂されている、VisualC＋＋の新バージョンへ狙いを定めているようであった。他でもない、「.net」というキーワードは、その新バージョンが声高に宣伝している言葉だったのだ。

そういったバージョンが出ること自体は、プログラマ時代に見聞きしてはいた。けれども、「VisualC＋＋にはあんまし関係なさそだなぁ」と思えたので、あまり深くは掘り下げなかった。

実は同じシリーズとして他にもいくつかの「定番開発ソフト」なるものがあり、この技術に関しては「ああ、そっち用だな」で終わりだったのだ。

今も正直その印象は変わっていないのだけど、どうやら世間一般的には「随分と変わるぞ」という転機にうつるらしい。この出版社もこれをよい契機として、ずばばっと一気に解説書のラインナップを展開したいのだと言っている。実際のところ、他にいくつかある同シリーズの開発ソフトに関しては、すでに他の著者さんで企画が進行中とのことだった。

その後打ち合わせは、対象読者だとか刊行時期だとかにふれながら、早急に目次案をおこして詰めますかと決まったあたりで終了した。なぜか途中から前回の太っちょ上司さんが乱入してきて好き放題なことを言っていたが、どう考えてもN近さんたちとは話が嚙み合っていないようであった。

「これは……、うかうかしてるとヤバいのかもな……」

打ち合わせの帰り道、地下鉄のホームへと向かう階段を下りながら、私はそんなことを思っていた。

プログラマから足を洗ったのはほんの半年ほど前である。ところがもう新しいバージョンの開発ソフトが出るのだと言う。個人的には「構う必要なし」なバージョンだったのだけど、世の中がそれに向かって動き始める以上、まるで知らないというのはやはり怖いものがある。

思ったよりも早く、自分の持っているプログラマとしての知識なんて陳腐化していってしまうのかも知れないなと、そう思えた。

プログラマとして現役であった頃、前時代のプログラム言語しか使えず、そのため前時代のシステムとワンセットで放出されてしまい、マシンルームなる倉庫でたった一人やることもなく時を過ごす人なんてのを見たことがある。自分の親と同世代の、かなり年配の方だった。

油断すれば、それこそが明日の自分の姿なんだと思えて、当時とても怖くなったのを覚えている。それ以降、「取り残されれば待っているのは……」と自分を戒める時、いつも頭に浮かぶのはこの光景だった。

「三年で目途がたたないようなら素直にサラリーマンへ出戻るよ」

フリーランスになる時、そんな約束をカミさんとしていた。中途半端に「食えてはいる」なんて状態で、ズルズル続けることだけはやめてねとお願いされた結果だった。

しかしこんな調子で三年経った時に、はたして本当にプログラマとして闘えるだけの力が残っているのだろうか。正直少し不安になる。

今のところ、フリーランスとしての状況は必ずしも楽観できるものではない。いずれは戻るということも、きっちりと視野に入れておく必要があるのかもしれない。それにはプログラム開発の現場というものに、つかず離れずといったスタンスで接し続けておくことが大事だった。

プァアン！　とでっかい音をたてて、ホームに電車が入ってきた。地下鉄をたまに利用すると、いつもこの警笛に驚かされる。やれやれとひとりごちながら電車へ乗り込んで、ドア脇の手すりにもたれかかった。

地下鉄なので窓を眺めても外の景色などはなく、真っ暗で何も見えやしない。そんな窓をじーっと見つめながら、ウチに帰ったらメールを書こうと、古巣の会社へお仕事がないか打診してみようと、そう決めた。

その後の一週間で三冊分の目次案を仕上げ、私はそれを先方の担当者さんへメールで送付した。構成に関しては特に目新しさを狙うのではなく、言語解説本としてスタンダードな作りにしたつもりだった。あくまでも「わかりやすさ」という点で、つまりは内容の表現力で勝負しようと考えたのだ。VisualC＋＋という題材であれば、それが自分にはできるはずだった。

「ツボを押さえた、よい路線だと思う」

そうした答えが返ってきて、では三日後にまたまた打ち合わせをいたしましょうということになった。ところでこの返事をよこしたのは「太っちょ上司」さんなのである。彼は確かCGIサーバ本担当者の上司だったはず。なぜその彼がVisualC＋＋本の目次案に対して返事をよこすのかという点が不思議に思えた。声をかけてきたのはN近さんなのだけど、そののんびりとした性格も手伝ってか、どうもこの企画に対する声の大きさが負けてしまっているように思える。決定権を握っているのは、本来部外者であるはずの太っちょ上司さんなのかもしれなかった。

三日後の打ち合わせ席上には、案の定というか、やはり太っちょ上司さんも同席していた。いや同席していたどころか、ほぼ真ん前に陣取って、いかにも私がこの件に関する決定権を持っているのですと言わんばかり。本来の担当であるはずのN近さんは単なる議事進行役となって、本来決定権を持つはずの彼の上司は、完全に脇へ追いやられて観客然としていた。

「もともとはね、私が探していたんだよ……」

太っちょ上司さんが言うには、もとは彼の企画だったらしい。ところが毎度毎度彼の注文に対してライターが音をあげてしまい、実現にまでは至らなかったのだと言う。

「それでこの話を聞いた時にさ、今度はいけるかなと思ってね」

そんなわけで、のこのこ首をつっこんできたと、そう言うのであった。

「はぁ、そうですか」

そう返事をする目の端に、少し自嘲気味な笑みをうかべるN近さんの姿が見えた。

まぁ何を言われたところで、すでにこちらの目次案に「よい路線だ」と彼は返事をしてきてるわけで、それからすると今さら大幅な変更がかかるとも思えない。ということは、「今度はいける」というのは、確かにそういうことなのかもなと、そんなふうに思った。

これが、甘かった。

「とりあえず組めるように思わせりゃ勝ちなんだから」

今にして思えば、この言葉がすべてをあらわしていたように思う。

太っちょ上司さんの要望は、はじめこそおとなしかったものの、話を詰めていくにつれて大きくふくらんでいき、いよいよ最後には「それは呑めないな」というあたりにまでエスカレートしていった。

「プログラムを一切したことがない人がわかるVisualC＋＋本にしてくれ」

「基礎の言語習得部分はつまらないと切り捨てられるからなしにしてくれ」

「もっと目新しい機能を使って簡単にサンプルプログラムを作らせてくれ」

要するに「はじめてプログラムを習得する人対象」でありながら、「はじめてプログラムを習得するときにやる定番の勉強」はすっとばして、「でもなんか作れちゃったねアハハ」と楽しくなる本を作れと言うのである。

「でもそれじゃあ本当の実力がつかないですよ」

思わずそう問い返した私への回答が、冒頭の「とりあえず組めるように思わせりゃ……」なのであった。

なんでそんな思想を持った人が、先に提出した目次案へ肯定的な答えを返したのかがわからない。彼の志向している本の内容は、私の提出した目次案のものとはまるで噛み合いようがないほど、何もかもが違っていた。

「学生はね、そうじゃないと本を読まないんだよ。途中で諦めちゃうの」

「あ、各章に問題集がついてた方がいいな、その方が先生方は喜ぶんだよ」

なにかもう、そのあたりの考え方からしても違いすぎると言うほかないのだ。

生返事を繰り返しながら、私は「ああ、これはもうオレの本じゃないな」と思った。自分はただの代筆屋であり、彼の思い描く本を書き上げるためだけの道具に過ぎないんだなと、そう思った。

しかしこれではどう考えても自分の中にある「悪書」にずっぽりと当てはまってしまう。間違ってもプログラマ時代の後輩などに、「これ読んでみてよ」などと言える内容ではない。できればそうした仕事は避けたかった。なんとか当初の路線へと引き戻したかった。

「そうした路線もアリだとは思うのですが、やはり自分はスタンダードな構成のですね……」

「売れないよ」

「は？」

「そんなのは名のある人ならできる話。キミには何の実績もないでしょ？　林晴比古先生とかならお願いしますだけど、キミなんかがそんなの書いたってぜんぜん売れるわけないよ」

いかんせん、まるで取り付くシマなどないのであった。

打ち合わせが終わる少し前に、そういえばこの会社では初版印税の扱いはどうなっているのだろうかということが気になった。本を書き上げた時、原稿料のかわりに入るお金が「初版印税」である。初版として刷った部数分すべてを払ってくれるところもあるし、保証印税という形で刷り部数の一部のみ支払いというところもある。初版だけ印税率が違うということもあった。まったくその形態は出版社によってまちまちなのである。

「金額聞いたからって、やっぱ止めたってのはなしだよ」

ニヤニヤと笑みを浮かべながら、太っちょ上司さんはそう言った。

太っちょ上司さんの口から出た数字は、「え？　うそ？」と言いたくなるものだった。初版部数は少ないわ、さらには印税率だって少ないわの二重苦である。これでは本一冊を一ヶ月で書き上げたとしても、それでなんとかトントンだといってよい。一冊書き上げるのに少なくとも三ヶ月はかかってしまう自分としては、間違いなく「大赤字」になってしまう金額だった。

「だからさっきさ、キミが一冊書き上げるのに三ヶ月かかるって言った時に、それで食えんのかなぁと思ったんだよね」

「ウチはもう売れなきゃ全然お金にならないからね」

太っちょ上司さんは胸をはってそんなことを言う。その口元には、ニヤニヤニヤニヤと、皮肉めいた笑みがはりついていた。

打ち合わせの翌日から、私は「やるべきかやらざるべきか」という葛藤のまっただ中にいた。

この業界の仕事をするようになってから、どうもお金の話をしづらい風土があるように感じていた。お金の話をすると、「え？　なに？　もし安かったらやんないの？　だったらいよやんなくて」みたいなことを返されてしまうような気がするのだ。それで、ついついお金の話が後回しになって、挙げ句フタを開けてみれば「え？　何この金額……」なんて青くなるのは珍しいことじゃなかった。

仕事としてはおかしな話なのだけど、それが気のせいなのか判断する術は自分にないのでしょうがない。駆け出しの間は我慢だと言い聞かせていた。

幸いにも書籍の話となれば、「売れてしまえば勝ち」というのはやはりある。最初の払いがいくら少なかったとしても、その分数が出てしまえば後々印税という形で補塡《ほてん》してもらえるからだ。しかしだからこそ「目先の金にこだわってギャーギャー言うよりも、まずはよい本を書くことだけ考えなさいや」みたいな風土があることも事実なのではないかと、そんなことを思っていた。

まぁとにかくだ、売れてくれれば後でお金はついてきますは真実である以上、先日のVisualC++本の話で問題なのは「お金」というわけではない。売れなければお金にならない仕事でありながら、売れるためにもっとも大事な「中身」に対して、あれでは責任を持ちようがないという一点が問題だった。そしてそれは、あの後打ち合わせたCGIサーバ本でもやはり同じことだった。

正直なところ、あんな「悪書」間違いなしの本など書きたくはない。お金が格別よいというわけでもないので、「金のためだ」と割り切ってしまうこともできやしない。そもそもあの態度を見ている限り、がんばって書いたとしてもそれを売るために尽力してくれる出版社だとは到底思えなかった。「売れなかったのは著者のせい」であっさり切り捨てられるような気がしてしまうのだ。

考えれば考えるほど、やる価値のない仕事であるように思われた。

とはいえここまで企画を進めるために、かれこれ一ヶ月近くを費やしてしまっている。この仕事を断るとなれば、その一ヶ月はまるまるタダ働きとなり、さらに先の予定だってぶ厚い霧の中……ということになる。

そのことを想像すると、背中にはじんわりとイヤな汗が浮かんだ。

「でも、これはやるべき仕事なんだろうか？」

何度も繰り返した問いが、また頭の中にひょこっとあらわれる。実力が追いつかずダメな本になりました……ではない、ハナっから悪書になるのを承知の上で書くことになる本である。そんなことをやってよいものなのか、何度も何度もさっきから自問自答していることだった。

駆け出しなんだから、なんでも貪欲《どんよく》にやっていかなきゃという気持ち。フリーランスとなったのに、納得いかない仕事をするんじゃ意味ないじゃんかという気持ち。

どちらも正しいし、どちらも間違っているような気がする。

そもそも蓄えだって底が見えているのだ。本来ならば選べる立場などではないはずだった。

「どうしたの？」

飯時にもうんうん考え込んでいる自分を見かねたのか、カミさんがそんな声をかけてきた。よく考えれば、収入に穴が空くとなればまっさきに迷惑がかかるのは彼女である。そんな問題を、自分一人で決めてよいはずもなかった。

それで、今の現状を正直に伝えてみた。

「ウチにだって蓄えは多少なりともあるんだから、しばらく穴が空くくらいどうとでもなるよ。アンタが納得できないっていうんなら、無理にやらない方がいいんじゃないの？」

それが、カミさんの答えだった。

結局三冊分すべての仕事をお断りすることにした。これでぽっかりと当面の予定はなくなってしまったのだった。

# 第五章

# バーゲンセール、捨てる神ありゃ拾う神

いよいよこれはしまったぞ、そんな状態がやってきた。

あいもかわらず「とりあえず企画書でも」と、企画書作りは続けていたものの、それが状況の変化を生むだなんてことはまったくない。

とりあえずツテもないので、送り先はいつも付き合いのある編集プロダクションである。しかしおそらくは「現在のねらい目」と捉えている題材に合致しないのであろう。手応えアリと思える返事はなく、そのまま塩漬けになっているんだろうなという悲しい予感だけが、感度一〇〇％でビンビンと針を振り切らせていた。

やはりここは直に出版社とやり取りできねば話にならぬ。そうは思うものの、ではドコのダレとドノヨウニして話をつけるのか。なんら妙案などはない。

時間だけはくさるほどあるので、こまめに書店へ足をのばしては、片っ端から雑誌をチェックするなんてこともやっていた。イラストレーターやライターを募集してはいないか、それをチェックしていたのだ。しかし運良く募集を見つけ、そこに応募してみても、仕事にありつけるどころか何の返事も貰えないのが当たり前であった。

一度だけ、そうした雑誌の編集部へと呼んでもらえたことがある。しかしその日に限り何故か高熱が出てしまい、無理をして行ってはみたのだけど、いまいちどんなことを話したのか記憶にない。おそらくまともな会話にはなっていなかったであろう。その後連絡がなかっ

アルバイト募集のはり紙が…
急募
時給750円
時間応相談
「ほら、もうこれでいいじゃん」と語りかけてくる

たこともあり、むこうにしてみれば随分とムダな時間を使うハメになったのではないかと申し訳なく思う。

そのうち、こうした応募には何の得るところもなしと考えが至り、ぱったりとやめてしまった。

気分転換にと散歩へ出かけると、途中コンビニに立ち寄って飲み物を買うことが多かった。すると入り口ドアに貼ってある張り紙が必ず目に入る。

「アルバイト募集。時給七五〇円」

むむむむむ……。

思わず考え込んでしまう自分がいた。

仕事はなくとも、毎月「給与」という名目で、ウン十万が口座から姿を消していた。

言うまでもなく、家に入れるための生活費である。

情け容赦なく削り取られていく口座の残高は、すなわち自分がフリーランスとして誰に恥じることなく突っ立っていられる残り時間を示していた。これを少しでも延命しようと思うなら、毎月の一定収入というのは額の多寡にかかわらず、喉から手が出るほど欲しいものだった。

「まじでやろうかな」

こうして無為に過ごしてしまっている時間をバイトに突っ込むとしたら、はたして一日に何時間注ぎ込むことができるだろうか。買ったばかりのカフェラッテをチューチューすすりながら、帰り道はそんなことを考えて歩く。

おそらく四時間は固い。すると一日に三千円という計算になる。

「おお、三千円」

これはでかいぞと思われた。

じゃあえーっとどうせ毎日休日みたいなもんなのだから、いっそ全部の日をバイトに突っ込んじゃうとしよう。そしたらいくらだ？　いくらになる？

「きゅ、九万円！」

思わず喉から手が出るとこだった。

いやまったく今の自分には文句なしに大金である。毎月これだけのお金が確実に入ってくるとなれば、残高曲線は随分ゆるやかになることであろう。今の傾斜がスキーのジャンプ台だとすれば、バイトをはじめた後はゲレンデの上級者コースぐらいのもんだ。ジャンプ台を滑りおりる勇気はないが、上級者コースならボーゲンで下ることができる。

「これならば」

そう思われたが、よくよく考えてみれば、滑りおりてる限り未来はないのだ。それはボーゲンだろうが直滑降であろうが同じことである。

もしバイトをはじめたとしたら、確実に毎日四時間がそこに食われていくことになる。ならばいざ仕事が取れたという時にはどうなるか。本来なら全力疾走すべきところが、ノロノロと亀の歩みになることは明白であった。それではフリーランスになる前と、まるで何も変わっちゃいない。

自分を大安売りしちゃいけない。少なくとも、まだそんな時期ではない。そう思い直した。

「まるでバーゲンセールだな」

そうつぶやいて、自嘲気味に笑った。

フリーランスになる少し前に、そうした報告も兼ねて傍嶋恵子さんと飲みに行ったことがある。傍嶋恵子さんというのは、こちらの業界へ自分が進むことになる契機を与えてくれたライターさんだ。そして同時に、業界の先輩として色んな質問に答えてくれる、ありがたい存在でもあった。

「いざとなったら私が企画を通してあげるよ」

そんなことを彼女は言っていた。付き合いのある出版社さんはいくつかあるので、いよいよとなれば頼ってきてくれていいよと、そんなあったかい言葉だった。

今もそうだけど、この頃の自分にも「仕事の窓口を増やさなければ」という危機感があった。なので、複数の出版社さんと付き合いがあるという身分がとても頼もしく、そしてうらやましく見えた。

「どうやってそういった知り合いを増やしてったんですか？」

思わずそんなことを聞いてしまった。

「う〜……ん、どうやって？　う〜ん……なんだろう……」

もとを辿れば傍嶋さんだって異業種からの転職だったのだ。つまりスタート地点としては今の自分と大差なく、それから積み重ねたキャリアによって、しっかりとした地盤を彼女は築いてきたわけである。

今の自分には、そうした道筋なんて何も見えちゃいない。まずとっかかりとして指をひっかける場所はどこなのか、それが知りたかった。

「なんとなく……かなぁ」

「なんとなく……ですか？」

「うん、なんとなく」

なんとなくと言われても、こちらとしては首をかしげるしかない。

「なんとなくね、知らない間にそうなっちゃった……って感じかなぁ」

少なくとも営業回りをしただとか、どこかへ何らかの応募を行ったとか、そういう結果ではないと彼女は続けた。それどころか、営業回りというもの自体、一切やったことがないと言うのだ。

「そういうもんですか」

「そういうもんだよ」

そう言うと、傍嶋さんは目の前にあるあさりのバター蒸しをひょいとひとつまみし、私はウンウンとわかったふうにうなずきながら、グビグビとビールを飲んだ。

そのあたりまで思い出したところで、ちょうど自宅マンションに辿りついた。ここしばらくの自分を振り返る限り、確かにそんなもんなのかもなぁという気はしてくる。少なくとも小手先だけジタバタあがいてみる程度では、「そんなもん」の範疇《はんちゅう》から抜け出すことは無理なのだろう。

そんなことを考えながら、玄関ドアの鍵を開ける。

「いいや、少しゲームでもやろう」

気分転換の散歩から帰ってきたところなので、正しい行いを心がけるのであれば、次は「よし仕事をしよう」のはずである。けれども肝心の仕事がはっきりしてくんないし、それを考えれば自問自答が続くだけ。

どうにも気分がのってきてはくれないのであった。

ゲーム機の電源を入れると、テレビにはカクカクとやたら角張った動物たちの姿が映し出されてきた。このカクカクした動物を操って、別種の動物を喰らいながら進化を続けていくというゲームである。喰えば力が手に入る。そうしてより強い子孫を残しながら、最終的には獣の王を目指すのだ……という内容だった。

やればわかるが、これがかなりバカバカしくておもしろい。ペーパークラフトのような動物たちもかわいければ、そいつらが生意気にも「野生の王国」っぽい雰囲気で吼え狂ったりするとこもイケている。さらには喰い方によって進化の方向性が変わるといったパズル要素まで加わっているので、ここのところすっかりお気に入りと化しているゲームであった。

ヘラヘラと笑いながら数時間。そしてダラダラとまたまた数時間。

気がつけば窓の外は、完全に日が落ちて真っ暗になっていた。

「時間泥棒だ。オレの中にはかなり悪質な時間泥棒がいる」

思わず半泣きになってしまった。

ムキー、オレノバカバカ、ホントナニヤッテンダヨコノバカタレハと、ほんともうそんな感じ。


基本的にはそう大差ない日々を過ごしながらの数日後。プリンタ用紙がきれてしまったので、近くの家電量販店へと足をのばした。

三階の駐車場に車を止めて、目的のパソコン売り場がある二階までは階段を使って下りる。

ノートパソコン欲しいんだよなぁ、なんて思いながらダラダラ見ていると、あっという間に一時間や二時間なんて具合に時間が過ぎていった。

ちょうど安売りしていたA４のプリンタ用紙をひっつかんで会計を済ませた後、そういえば見たい雑誌があったんだったということを思い出した。この店舗には書籍売り場も併設されている。家電とちゃうやんとか思うのだけど、今は結構どこの家電量販店でも店舗が大きいとこならそういうもんらしい。まぁありがたいけどねとか思いながら、売り場のある一階へと移動する。

さらに一時間ほどパラパラ雑誌を斜め読みして、それからようやく帰ることにした。三階まで階段で上がるのはかったるいので、帰りはエレベータで一直線だ。店舗入り口脇に設置されているエレベータ乗り場へと向かった。

やってきたエレベータに乗り込むと、真っ正面、つまりはエレベータ奥側の壁に、気になる張り紙がしてあった。

「パソコン教室講師募集」

なんと時給は二千円とある。これで勤務時間は一日二時間からでの応相談。週何日勤務かということも含めて、かなりフレキシブルな条件が並んでいた。

「じ、時給二千円⁉」

これだとサラリーマンをしていた頃の、超過時間勤務手当てと同じ額である。普通そうした手当ては、基本給よりも割りの良い額に設定してある。それと同じ額といったら、これはアルバイトとしてはかなり破格の好条件じゃないですかと、私はその張り紙から目を離せなくなってしまった。

この額であれば、一日二時間、それで週に三日ほども働けば、そこそこの金額になってくれる。スキルがあるからこその好条件といえた。そして自分の持っているスキルというのは、ちょうどうまくここへ合致するのではないかと思われた。

「どうしよう応募してみようかどうしようどうしよう」

エレベータが三階に到着して、駐車場へ出て車に乗り込んで、エンジンをかけながらも、やっぱり頭からは「パソコン講師募集」の文字が離れずに、「どうしようどうしようどうしようどうしよう」と呪文のように繰り返す自分がいた。

思えば昔、学生時代の頃。バイト探しにと新聞の折り込みチラシを開いては、「フロアレディ募集」なんかの欄を見てため息をついたりしたものだ。そこにはいつも千五百円や二千円といった時給が並んであった。かたや自分が応募できそうなものといえば、いつも七百円かそこらといったあたりである。

当時はパソコンが中古でも四十五万円とか当たり前にしていて、それが欲しくとも「そんな金ねぇよ」とうなだれるしかなかった自分には、のどから手が出るほどにうらやましい時給であった。そして、「女ってものを武器にするだけで、こんなにも違うもんなんだなぁ」となんだかもの悲しくなるのであった。

「考えてみれば、いつの間にかそこへ手が届くようになっていたんだなぁ」

車を運転しながら、そんなことを思った。自分がこれまで積み上げてきた経験というものは、いつの間にか「女という武器」に対抗できるだけのものを、自分に与えてくれていたらしい。

しかしそうやって摑んだナニモノかを、より活かせる環境を目指してと、今の自分はここにいるのではなかったか。そう考えれば、やはりこれもまた「バーゲンセール」であることに違いはないと、そう思えた。

それから一週間後にその店舗を訪れた時、講師募集の張り紙は見事に消えていた。やはり普通に考えりゃ好条件なので、あっさりと決まっていったのであろう。


六月も半ばを過ぎ、いよいよ当初に用意していた半年分のタネ銭は底をつこうとしていた。幸い今年の頭に執筆した書籍から、イラスト代の分は先行して支払われる。来月はなんとかそれで乗り切ることができる予定であった。

しかし初回印税の支払いは三ヶ月先の話である。来月はイラスト代で食いつなぐとしても、再来月分をどうするのか。そこにぽっかりと穴が空いてしまっていた。

とりあえずは「最終手段用に」とさらに取り分けていた、独身時代からの定期預金がひとつ残っている。これがかろうじて一ヶ月分は食いつなげる額なので、それを取り崩して穴埋めをはかるしかない。

しかし、である。

書籍の初回印税分が振り込まれれば、それでまた三ヶ月は食いつなぐことができる。しかし自分はといえば、一冊の本を書くのに三ヶ月はかかる。書き終えた本の報酬が手に入るのは、やはりまたもやそれから三ヶ月後。ならその間をどうやって食いつなぐのか。

いやいやこれはアナタ。もう企画書がどうこうとかそんなレベルでなしに、とにかくまずい状態ですぞと、冷や汗がタラリと落ちていくのであった。

この時期の横浜は、地元開催されたワールドカップ人気ですっかりサッカー一色に染まっていた。

今までサッカーなんか興味なかったやんという層までが「ニッポン、ニッポン」とお祭り騒ぎを繰り返し、テレビをつければ「ベッカムさまベッカムさま」とイギリスからきたソフトモヒカン野郎に大騒ぎ。かくいう自分もにわかサッカーファンとなって、「どうせやることないなら行っちゃえ行っちゃえ」と、イングランド×ブラジル戦のチケットを取るべくカミさんと二人で電話をかけまくり、やはり当たり前に取れなくて泣き濡れたりなどしていた。

ワールドカップが地元開催されるなんて、こんなことは一生に一度あるかないかの大お祭りである。確かにお金のことを考えれば冷や汗が流れるが、考えたところでないものはない。

しかし今日明日いきなりなくなるという話でもない。ならばこの時期に暇だというのは神さまの思し召しなんだとポジティブシンキング全開にして、せっかくのお祭りを楽しまなきゃ損だと思うことにした。

笑う門には福来たるという奴である。


福は思わぬ方向からやってきた。

「開発の仕事をお願いできないか？」

かつての古巣から、そんなメールが飛び込んできたのだ。

以前このままのほほんとしていては、いつか出戻るのも厳しくなるのではないかと、「お仕事ちょうだいメール」をかつての上司さんに投げたことがある。そう、例のお断りした「VisualC++　本」の話をしていた頃のことだ。

その時の返事は「今はないや」というものだったので、やはりそうそう甘くはないかと諦めていたのだけれど、上司さんはきっちり周辺に話をまわしてくれていたらしい。

「ちょうど良い仕事の話が出てきたので、今もやるつもりがあるならお願いするがどうか」

メールにはそんなことが書いてあった。

詳細を見れば、自分が最後に手がけたプロジェクトの改造案件が起こっているのだという。

それならば内容的に困ることなど何もない。しかも開発仕事であれば納品翌月にはまとまった金が手に入る。

「やりますやります、やらせていただきます」

心の中でありがとうございますありがとうございますと唱えながら、即座にそんな返事を出した。

結局このお仕事がうまくまとまってくれたおかげで、三ヶ月後には百万円也の開発報酬が入金されることに決まった。さすがに元本職だけあって、フリーランスで請けると稼ぎがでかい。

「さて、このお金のおかげで、もう一回だけリトライが可能になったわけだ」

この開発を手早く済ませ、その報酬と先の初版印税とをあわせれば、ちょうどもう一冊分書籍を書き上げて入金を待つだけの体力ができあがる。

皮一枚で首がつながった。まさにそんな気分であった。


引き絞られた弓というのは勢いよく飛んでいく。それは、今の今まで仕事というものから遠ざかっていたこの身にも、同じく言えることだった。

開発の仕事を持ち帰ったその日から、すっかり自分はその虜《とりこ》となってしまったのだ。ひさびさの開発仕事はやはり楽しかったし、なによりも「時間を浪費している」焦燥感からやっと解き放たれたという安堵感が大きく、その反動から延々とキーボードを叩き続けていた。

深夜になっても、明け方になっても、まるで疲れなど感じない。しかも集中力がこれ以上ないほどに高まりっぱなしである。二日ほど経ったあたりで一週間分の作業を終えてしまい、一週間が過ぎる頃には既に終わりが見えつつあった。

「げ、これじゃあ逆に週次の進捗《しんちょく》報告上げれなくなっちゃうな」

あまりに進みすぎたもんで、そんな心配をしなきゃいけなくなるほどだった。

しかしそれだけ仕事にどっぷりと漬かりながらも、やはりワールドカップ観戦だけは欠かせない。しかも今なら収入面でもひと息つくことができたわけなので、もう心おきなく真っ昼間からビールをかっくらって大騒ぎできるのだ。ほぼ二十四時間体制でガシガシと仕事を進めまくっている状態であったから、唯一この時間だけはのんびりモードでもバチは当たらんだろうと、そんなことを都合良く考えていた。

決勝にはカミさんごひいきのドイツが勝ち上がってきた。ここのゴールキーパーは北斗神拳の使い手だろうと言いたくなるほどにゴツい顔立ちをしており、それがいたく気に入ってしまった彼女は、ずっとこの国、というかこのゴールキーパーを応援し続けてきたのである。相手は攻撃的サッカーを展開するブラジル。大会No・1ゴールキーパーを擁する鉄壁な守りのドイツとは、まさに「盾と矛」の話のごとく、噛み合いすぎる相手であった。

勝敗のカギはブラジルの厚い攻撃をいかにこのゴールキーパーがさばくかにあり、などと噂されていた。当然カミさんにとっては、次から次へとハラハラシーンの連続である。シュートが撃たれれば「ああ！」と叫び、ゴールキーパーの好セーブが出れば「ようし！」と騒ぐ。しかし見ているこちらとしては、「アンタ二週間後には予定日なんだから、そんなに飛び跳ねちゃ出ちゃうから」と、別の意味でハラハラしてしょうがない。実に心臓に悪い試合であった。

さて、そんなアツい戦いも、やがて終わりを迎えることになる。

カミさんのぞっこん惚れ込んだゴールキーパーが天を仰ぐ姿とともに、長い長いお祭りはしずかに幕を閉じていこうとしていた。

熱狂の余韻がまだそこかしこに残るある日のこと。前回担当していただいた技術評論社の編集さんよりメールが届いた。名をK月さんという。

「以前打ち上げでお話しした件が、ようやく企画として動くようになりました」

ついては部内の企画会議に出席してもらえないだろうかと、最後はそう締めくくられていた。

いつの間にか七月も半ばに近づき、カーッと晴れ上がった空の下、暑い夏が始まろうとしていた。おそらく来週あたりには、「パパ」と呼ばれているはずである。

なんだかすべての歯車が、小さく音を立てて噛み合いはじめ、ゆっくりと回り始めたように感じた。

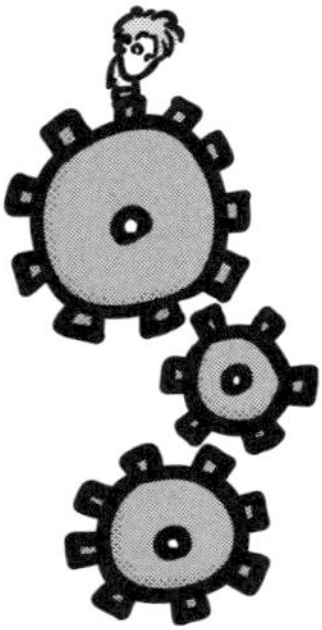

# 第六章

# 自分色のヨロコビ

K月さんの所属する技術評論社は、東京の品川区に最近オフィスを移したばかりだった。最寄り駅はJR線の目黒駅となる。ここには建設されたばかりの真新しい駅ビルがあり、そのうちの数階分をこの会社が借り切って入居したのだ。

「お前らには似つかわしくない綺麗なビルに今度移るから、ちょっとは身の回りを整頓せえよ」

引っ越すにあたって、社長さんは社員たちにそんなことを言ったらしい。実際K月さんはその小綺麗なオフィスが落ち着かないようで、隙あらば外に出るなんてスタンスでフットワーク軽く過ごしているようだった。

実はJR目黒駅といえば、お世話になっていた編集プロダクションさんがあった場所でもある。

「家賃が高いから」という理由でこちらは別の場所へ引っ越してしまったので、ちょうど入れ違いに今度は技術評論社がやってきたことになる。

そんなわけでこの土地にはある程度馴染みがあり、前々から「何か駅前で工事してんなぁ」とは思っていたのだ。だけども、まさかそのビルが出来上がっていて、しかもそこに入居しているとは思わなかったもんだから、「部内会議に……」ということで訪問した時には、まぁ立派な造りだことなんて思いながら、アチコチお上りさんみたいにウロウロ徘徊してし

まった。

　なんせ出来たてほやほやのビルである。あっちもこっちもピッカピカで、あっちもこっちもガラス張り。一〜二階のテナント部分には今ふうのコーヒーショップが入ってたりして、それがまたまたこじゃれた雰囲気を醸し出している。

　エレベータに乗ってみれば、ボタンがボタンであってボタンでない。さわるだけでピコンとランプが点《とも》るのだ。一応ＩＴ系と言われる企業に属していた以上、それなりに新しいオフィスに出入りしていたはずだし、こうしたエレベータもはじめてではない。それでもやっぱり「むむむ〜」と感心せずにはいられないピッカピカぶりなのであった。

受付は、これまた「出版社ですかココ？」と聞きたくなるほどにピッカピカで、綺麗なお姉さまが「しばらくこちらでお待ちください」だなんて案内してくれる。正面を見れば、そこにはまたまたこじゃれた棚があって、あたかもショールームのように出版物が飾られていたりなどもする。

ここで二度目の「むむむ～」である。

すわと後ろを振り返ってみれば、そこはおそらく打ち合わせスペースであるのだろう、半透明のすりガラスによるパーティションで区切られた、いくつかの会議机が散見される。窓から差し込む陽光が、すりガラスを淡く柔らかく光らせていた。

ここで三度目の「むむむ～」である。

いやまったく、どこまでも隙なくガラスでコーディネートされているのだ。いかにもオシャレ風であり、いかにも自分には似つかわしくない。おそらくあそこではオシャレなデザイナーさんが、するどくアツい眼差しの編集者さんとともに、デザインの結晶であるところの印刷見本などを示しながら「ああでもないこうでもない」とやり合うのであろう。その手にはセンスの良いイタリー製の手帳が握られており、服装は間違っても自分のようなヨレヨレのTシャツではない。しかも右手に握ったペンからは、私にはわからぬ校正記号などというもので、シャシャシャシャっと朱を走らせたりするのに違いない。

「むむむ〜」

このままここに座っていていいのであろうか。思わず声まで出して考え込んでしまう私なのであった。

そんな私の視界に、想像するところの「するどくアツい眼差しの編集者さん」とは似ても似つかないむさ苦しいヒゲ面《づら》が飛び込んできた。他でもないK月さんである。さらにはその両脇に二人。どちらも十分にむさ苦しい。しかもみんなヨレヨレのTシャツである。

「いやぁお待たせしました」

そう言って笑うK月さんの横で、うすら無精ひげを生やした他の二人もちょこんとお辞儀をする。

「いえいえ、お世話になります！」

ああ仲間だ、よかった仲間がいる。心の底からほっとした瞬間だった。

ところで打ち上げの席で話した本は二つあった。一冊は「ネットワーク系の入門書」、もう一冊は「SEの失敗談本」である。もともとその時手がけた本がネットワークの初級者本だったので、その続編的な本をやりましょうみたいな話が出て、そういや上からこんな本やってみろお前とか言われてたんだけどそれもどうですかみたいな話の流れで、SEの失敗談本の話が出たのだと記憶している。ちなみにSEとは「システムエンジニア」の略だ。要はコンピュータのソフトウェア開発現場におけるドタバタ劇を描きましょうやという話である。

あの時の話がそのまま丸々生きてるのだとしたら、今回話を振ってもらえる書籍は二冊ということになる。しかしそんなウマい話があってよいものだろうか、そんな懸念がじとっとつきまとっていた。

これまでの経験から言えば、版元の編集さんがノリ気である場合の企画というのは、かなり高い確度で通るものだという印象があった。少なくとも編集プロダクションさんのとこで「いいね」と言ってもらえたレベルよりかは、随分と確実なはずだ。しかし技術評論社という出版社は、「初版部数がやたらと多くてありがたい」出版社である反面、「だから企画はなかなか通りづらい」出版社だと噂に聞いている。

『そんなところがあっさりと二冊もの本を自分なんぞにやらせてくれるものなのだろうか』

そう思うのは至極当たり前の話というか、そう思っとかないと後で泣くよ自分、なんて心の防衛戦がついつい出来てしまうのであった。

なんせここで本を出せれば、後の増刷がなかったとしても、それだけで三ヶ月程度は食いつなぐことができるのだ。それが二冊なんてなった日には、あなたそれだけで半年ですよ、そんなハッピーあっていいのですかと、嬉しさが大きすぎる。しかし反面そうでなかった時の落胆も大きくなるであろう。

かろうじて現在は食いつなぐことができているとはいえ、いまだ私は干上がりかけた川の中でピチピチとはねているに過ぎない小魚ちゃんである。実にか弱い存在なのだ。扱いには細心の注意をはらう必要があり、さらなるショックなどもってのほかなのである。かといって誰も気をつかってくれるわきゃないもんだから、常に自分自身でゆるやかにソフトランディングできるよう備えておかなきゃならなかった。

先の「心の防衛戦」は、そんな私に自然と身に付いた防衛本能のあらわれなのだと言える。

「で、さっそくですけど、二冊お話しした例の件、その両方を進めるということで……」

例のすりガラスパーティションの奥にある会議机に座るやいなや、K月さんはそう切り出した。

私の頭ん中で、リンゴンリンゴンとお祝いの鐘が鳴り響きまくったのは言うまでもない。

打ち合わせは終始なごやかに進み、「先にネットワーク本を手がけ、それと並行してSE本の企画をまとめて行きましょう」ということで落ち着いた。

どちらの本も、「是非やってみたい」と思えるような方向性でまとまってくれている。金銭的な話はさておいたとしても、これはかなり魅力的なお仕事ですぞとワクワクする気持ちが会議終了時には芽生えていた。

『しかし著者さんの意見を大事にしてくれる人たちだなぁ』

それが、会議を通して一番強く感じたことであった。

SE本に関しては、もともとK月さんが私の特性を見込んで「これならおもしろく料理してくれるだろう」と投げてくれた話だったので、好き勝手に料理してくださいよなんつー「シェフお任せモード」に入っていた。なのでこちらは私の意見が通るのは当たり前っちゃ当たり前の話である。しかしネットワーク本に関しては違っていた。今日はじめて担当者さんとお話ししたところ、もとは「ネットワーク初級者へ向けたムック本」という企画だったのである。それが「どうせなら絵で解説するネットワークの用語集にしましょうよ、どこにもないですよこれは」なんて私の意見を全面的に汲み取ってくれて、「では、それで行きましょう」なんて話に化けたのだ。

これでやりがいを感じなければウソである。

ネットワーク本の担当者は、Y口さんといった。ずんぐりと丸い風貌に無精ひげを生やし、話の端々でよく笑う。年の頃は多分私と同じくらいなので、きっと三十路前あたりであろう。「ほがらかな小熊さん」といった印象ながら、やや人に気を使いすぎるような面も見受けられる。きっとあと五年もすれば、その反動から胃に穴が空いているに違いない。

会議も終わり、皆で談笑しながらエレベータホールへ出ると、そのY口さんがささっと下りエレベータのボタンを押した。さすがは胃に穴が空くほどの気配り男である。まだ空いてないけど。

六つあるエレベータのうち、ピコンとランプが点灯したドアへと向かう。ちょうどその真ん前に来たあたりでランプは到着を示す点滅へと変わり、やがてプシュっと音をたててドアが開いた。中には誰も乗っていない、貸し切りである。

「ではよろしくお願いします」

エレベータに乗り込んだ私に向かって、Y口さんは顔をほころばせながらそう言った。

「いやいや、ホント、よろしくお願いします」

隣に立つK月さんもそう続く。SE本に関しては、このK月さんが担当となる予定であった。

「はい、こちらこそよろしくお願いします」

そう言って深々とお辞儀をしながら、私はエレベータの閉ボタンへと手をのばした。ドアが閉まって、少しの浮遊感とともにエレベータが下りはじめる。

『よぉしやるぞ、これは絶対良いものに仕上げるぞ』

自分の色を思う存分に入れ込んでいける。コンピュータ書という分野の中で、そうした仕事がこんなにも早く手に入るとは思わなかった。

すべてが自分色だということは、売れなかった時そこには何の言い訳もない。だからこそやりがいがあったし、そんな本を二冊もやらせてもらえてダメだったなら、それこそあきらめもつくさと、そう思えた。

エレベータ奥の壁に身体を預けて、なんとなしに天井を見上げてみる。相変わらずのピッカピカぶりであるが、それがなんとも心地よい。

「へへへ」

天井を見上げながら、ついついニヤけてしまう頬を私はぴしゃんと軽く叩いた。

# 第七章

# アリの一念岩をも徹せ

その翌週、いよいよパパというものになる日が目前に迫ってきた。カミさんが産気づいたのだ。

なんでも気圧の関係とかいうのが人体には影響するらしく、それを雑誌で読んだ彼女は、「なんかね、台風がくると産気づくものなんだって」なんてことを話していた。ちょうど予定日近くになって台風が上陸したもんだから、「じゃあこいつが過ぎてったらお産だなぁ」などと笑っていたら、これが本当にそうなってしまった。

まったく人体の神秘おそるべしなのである。

あわあわ言ってるカミさんを車にのせて、まっすぐ病院へと向かう。入院の手続きを済ませ、双方の両親へ電話をするが、どちらの家にとってもこれが初孫なわけだから、もうみんなして大騒ぎである。ウチの両親などは、「まだすぐには生まれないよ」と言ってるにもかかわらず、それ急げとばかりに次の日には大阪から上京してきてしまった。

ところが入院から二日。破水はしていたものの、本格的な陣痛は一向にはじまる気配がない。もうそろそろだろうという期待感も高まりつつあったが、もうそろそろ出てこないとヤバいよという危険性も高まりつつあった。

結局その日も出産へ至ることはなく、しかしあまり長引くとまずいという話になり、薬で陣痛を促しましょうということになった。陣痛室に移される彼女を見送って、いよいよとい

う場合には帝王切開に切りかえますのでなんつー怖い話までいただいて、でも帰りなさいということで悶々《もんもん》と自宅待機をするはめになってしまった。
　こっちがこんなに悶々と夜を過ごしているのだから、彼女はもっと心細いことだろう。そうした不安な気持ちを聞いてやるとかして、なんとか励ましてやりたいものだと思うものの、面会時間は過ぎてるし、陣痛室は男子禁制だしで、私なんぞにやれることはない。
　ついつい真夜中に病院へ様子伺いの電話を入れてしまったりなどして、「迷惑だよなぁ、申し訳ないなぁ」などと自己嫌悪に陥るのが関の山であった。

明くる七月十二日。いよいよこのままだと母子ともにヤバい、そんなギリギリのところまできたという連絡が入った。「帝王切開にふみきりたいから、同意書にサインするため病院にきてください」と言うし、こちらも朝一番で行くつもりではあったので、準備はとうに出来ている。いそげいそげとみんなして重苦しい表情で病院へと駆けつけた。

ところが「どどどどど、どーなってますか、いまどーなってますか、いやだんなですけどもどどどどーなってますか」などと圧倒的にドの字の人となって受付の看護師さんに問いかけたところ、今分娩室に入っているから待てと言う。

「え？　なんで待つの？　分娩室？　同意書は？」

当然みんなして頭ん中はハテナマークである。ひょっとして待ちきれなくなって帝王切開にふみきってしまったのであろうか。そうなのだろうか。そこんとこどうなんであろうかと問いかけるものの、この看護師さんにも今ひとつ状況がわからないらしい。

とにかくもう少ししたら担当の医師が説明に来ると思うから、それまで待ってくれということなのであった。

それから一時間ほどが過ぎた頃だろうか、今度は別の看護師さんが「キタミさん居ますか～」などと言ってあわただしく待合室にやってきた。

「ははは、はい、はい、どどどど、どうなりましたか、キタミですけど、はい、いまはいったいどどどういうじょうきょうなのですか？」

今度はハの字とドの字の人になって、こちらも負けじとあわただしく走り寄る。

「生まれました！　生まれましたよ！」

一瞬何を言っておるのだこの人はと思った。生まれましたというか、こちらは状況を教えてくれと言っておるので、その説明をずっと待ってたのに、生まれましたとは、生まれました……？　生まれましたぁ!?

「う、生まれたって、生まれたんですか!?」

「はい、おめでとうございます！」

なんとこちらが電話を受けて病院に着くまでのわずか数十分、その数十分の間にギリギリのところで陣痛の波がやってきて、たった今無事に出産を終えたところなのだと言うのである。

「もうすぐ抱っこできると思いますので、もう少しだけここでお待ちください」

あまりに突然のどんでん返しに、なかなか感情が追いついてこなかった。ポケーとしばらく呆《ほう》けちゃって、それでも少しずつ状況が見えてきて、やがて事態が咀嚼《そしやく》できるようになってくると、ようやく静かにフツフツと喜びの気持ちが湧いてきた。

ちょうどそこへ、間違いなく自分そっくりの目つきをした赤ん坊がやってきた。おそるおそる抱っこをすれば、じんわりとその温もりが腕に伝わってくる。

なんだか心の中まで、じんわりあったかくなるようだった。

「やっと会えた」

うっすら開いた目でこちらを見る我が子に向かって、私はそんなことを言った。


一番の功労者であるカミさんとは、それからしばらくして、ベッドに乗せられたまんまの状態で出てきたところを会うことができた。疲労困憊《こんぱい》という様子であったけれども、目にはやり遂げたぞ的な光が宿っている。とにかく無事だということがわかって皆でほっとした。

しかし誰よりカミさん自身が一番ほっとしたのであろう。「がんばったね、よくやったね」と声をかけられるたび、礼を言おうとするも言葉が涙で声にならない。そのうちウチとカミさんとの両方の母親に手を握られながら、三人でわんわんと泣き出してしまった。やはり女性陣には何か通ずるものがあるのだろう。

「名前はもう決めてあるの？」

場所を病室に移し、ひと息ついたところで誰ともなくそんなことを聞いてきた。

私はカミさんと目をあわせ、二人でコクンとうなずいた。

生まれたのは女の子であった。男の子であれば二つほど候補が残ったまま決めかねていたが、女の子であればバッチリ決まっている。それもこれだけはかなり早い時期に二人して「賛成」とあっさり決まった名前であった。

「ひなた……ってね、いうんだよ」

「ヒナタ……？　どんな字？」

明らかにみんなして「ヘンな名前」という顔をしている。どうも女の子なのに語尾が「タ」で終わるところに違和感を覚えるらしかった。

「全部ひらがな、ひらがなでひなたって書くんだよ。それが画数的にも一番よかったしね」

「ふぅん」

やっぱりヘンだ、そんな顔である。

ひなたぼっこのひなた。ポカポカとあったかい子に育つように、そんな空気を周囲へ与えられる子になるように。そんな願いを込めた名前だった。

窓の外には、台風一過の青空がこれでもかといったふうに広がっている。「ひなた」という名前のこの子が生まれた日には、とても似つかわしく、ふさわしい空であるように思われた。

さて、カミさんが己の闘いをまっとうしてみせたわけだから、今度はこちらの番である。

オムツ代を稼ぎ、ミルク代を稼ぎと、新しく増えた家族ともども、皆がちゃんと食えるようにガンガン稼いでこなきゃいけない。それが自分のやるべき闘いであった。

もっともベビー室でむにゃむにゃ眠っている我が子の姿を見れば「よぉし」と気合いが入ってくるし、ほぎゃほぎゃと泣いていても、やっぱり「よぉし」と気合いが入る。とにかくガラス越しに「よぉしよぉし」と無駄に力んでは、さぁこいやってやるぜとやたら勇ましく燃える我が心なのであった。

だったら帰ってとっとと仕事しろよって話ではある。

ところが残念至極なことに、この仕事がこれまたアナタ実はですね、正直なところ芳しい状況ではなかったのです。

先日技術評論社で打ち合わせた、例の「嬉しすぎる企画」二冊の話。あれがさらに上の編集会議において、どちらもダメ出しを喰らってしまったのである。

まったく世の中というものは、なかなかスムーズにことが運ぶようにはできていないらしかった。

Y口さんからの報告によると、ネットワーク本がハネられてしまった理由は、とにかく「本のイメージが掴めない」ことにつきるようであった。

イメージが摑めないので、どんなターゲットに向けた本だかわからない。どんな本に仕上がるのかもわからない。とにかくわかんねぇんだからこんなもん通せるかバカヤロウと、そういう話なわけだ。

「自分たちにしてみれば、かなり明確にイメージができあがってるんですけどねぇ」

やれやれといった顔で、Y口さんはそんなことを言った。

「とにかく目次案をさらに詰めてみて、なんとか再チャレンジしてみたいと思います」

おもしろい本になると思うので、なんとしてもあきらめたくないのですよと、Y口さんはそう締めくくった。こちらもそれは同じ思いである。なので目次案については、詰められるだけ詰めたものを急ぎ提出すると約束した。

しかしこの後も、何度となくトライするY口さんの苦労が報われることはなく、そして「これ以上はもう詰めようがない」ところまで固めた目次案が功を奏すこともなく、この企画は変わらずダメ出しを受け続けた。

敗色濃厚。そんな様子であった。

一方K月さんに担当してもらっていたSE本の方はといえば、こちらはもうさらに悲惨な状況にあった。

「一人強硬に反対する編集長がいて、さらには反応もあまり芳しくないという状況なので、これは諦めて別の企画を探りましょう」

早々にそんなメールがK月さんから届いたのである。敗色濃厚どころではない、すでに担当編集者の手によって白旗があがってしまったのだ。

『え、えええええっ!?』

マンガを多用した読み物となる予定の本であっただけに、自分の枠を広げる貴重な一冊だと考えていた。先のネットワーク本も捨てがたいが、こちらはそれ以上に惜しい本である。なんとしてもあきらめたくない企画だった。

『どうにかならないものか、なんとしてもあきらめたくないのですが』

反射的にそんな内容の返事を出そうとしてしまった。ただ、寸前で思いとどまった。もともとこの企画の出どころはといえば、それはK月さんなわけである。そのK月さんが「諦めるのが得策」と白旗をあげてしまった以上、なんの権利があってジタバタ足掻《あが》こうというのであろうか。

ただもうおとなしく「わかりました」と答えるしかなかった。

SE本の話は立ち消えとなり、ネットワーク本の話も敗色濃厚。ここへきて、またもや仕事の口はふりだし状態へと戻りつつあった。

『これってしゃれになってないんじゃないか？』

実際、これっぽっちもしゃれになどならない状況である。

幸い今なら、K月さんが若干の負い目とともに「なんとか企画を通してあげたい」と、こちらに対して窓口を開放してくれていた。このパイプが閉じられないうちに、どうにか一本企画を通すことができればまだ先がある。もしそれができなければ……。

その時は、もはや道は潰《つい》えてしまう、そんな危機感があった。

「これはどうですか、こんな本はどうですか、これは目新しいんじゃないですか」

ここが踏ん張りどころだぞと、思いついた題材を片っ端から企画書に落とし込んではメールで投げていた。

「う〜ん、むずかしいですね」

どれも返事はその言葉だった。編集会議に持ち込むまでもないと、そういう意味である。

ヤバいヤバい、ヤバいヤバいよと、ひたすら「ヤバい」の人となって企画書作りに精を出していたある日のこと。Y口さんから「作例を描いてもらうわけにいかないだろうか」という電話がかかってきた。

今回のネットワーク本に関しては私のイラストがすべてであり、そこが決め手となってくる以上、やはりその現物を見てもらわんことには話にならんと、そう言うのである。

「そこまでやってもらっても、やはり通らないということも有り得ますので、無理にとは言えないのですが……」

おそらくはこれが最後の手段なのであろう。タダ働きをさせることになってしまうかもしれないとY口さんは恐縮していたが、それで少しでも望みがつながるのであれば、こちらとしてもやらぬわけにはいかない作業であった。

なによりここまで粘り続けてくれたY口さんに対して、持たせることのできる武器がまだ残っているのであれば、それはなんとしても与えたいではないか、とも思った。

「作例はいくつあればいいですかね？」

「お願いできますか!?」

これでダメだった場合には、もう一〇〇％諦めるしかないのだろう。そういう意味では、最後のバトンは私が握っているということになる。そのことも含めて、最後の悪あがきチャンスを自分に残してくれたことはありがたかった。

「具体的なイメージさえ向こうが理解できるようになれば、きっとこれは通る企画だと思いますので」

そんな彼の言葉に背中を後押しされながら、作例を描くことにしばらくの間全力投球すると決めた。

『さてと、んじゃどうしよう』

全力投球すると決めたは良いものの、さぁいざ描きだそうと思ってみれば、あらあらどこから描きだしたものやらねと、石のように固まってしまう自分がいた。実のところ、内容をどういった形式でイラスト化するかなどは、実際に企画が通ってから考えればいいやと思っていたのだ。

そういえば、作例として「どの単語」を用いるかという点も重要である。

顔も知らぬ編集長さま方へ訴えかけるには、やはり馴染みがありつつも「そうきたか」と思わせることのできる、そんな単語が望ましいだろう。

理屈はわかる。

『じゃあ、それってどれよ？』

理屈はわかるのだけども、肝心の答えが出てこない。ひたすらうんうんと唸りつつ提出済みの目次案を眺めてみるも、やはり答えは一向に出てこない。

結局そのまま「あれも違うこれも違う」と、半日ほどをただ悩むだけに費やしてしまった。

『ええい、もうこれに決めよう！』

そうして一つの単語を抜き出した時は、すっかり日も落ちて夜になろうとしていた。それでもさっそく擬人化したコンピュータを用いて、その単語の意味をイラストとして描きおこしてみる。

『うーん、少し違うかな…』

ラフ描きしたコピー用紙の上を消しゴムで乱暴にこすり、たった今描いたばかりのイラストをすべて消した。そしてその上に、また違う視点からのイラストを描きなぐる。

マンガちっくになりすぎないよう気を遣いながら、それでいてマンガ的に読ませるという案配がなかなか難しかった。

何度となくそんなことを繰り返して、用紙のあちこちが荒くただれ、破れ、黒く薄汚れてきた頃、ようやくひとつ「ピン」とくるイラストが仕上がった。

『うん、こんな感じかな』

汚らしい紙に描かれたみすぼらしいイラストを眺めながら、これはやはりおもしろいじゃないですか、なんてことを思う。

文字とイラストでは明確にヒキが違うのだ。このノリで全編を染め上げることができたなら、これは読む側にとっておもしろい本となるのはもちろんのこと、描く側にとっても絶対おもしろい本になるのではないかとさえ思えた。

『どうかこれでうまく物事が進みますように……』

今さらながらにそんなことを強く念じながら、描きあげたばかりのイラストをY口さんへと送った。

ところで編集会議というのは、当たり前だけども毎日やっているようなものではない。したがって、最後の悪あがきイラストをY口さんに託したからといって、一日や二日でその結果が出るわけじゃなかった。一週間程度は待つ必要があったのだ。

その結果待ちをしている間に、思わぬところからも動きがあった。K月さんである。

「実際の作例を提出してもらえるなら、即座に再検討可能という確約を得ました。どうですか？　描いてもらえるならリトライしてみたいと思いますが」

Y口さんに依頼された作例を提出して以降、私はあいかわらず実ることのない企画書作りに精を出していた。そして、あいかわらずK月さんはそれに付き合わされていた。何度目かわからない「むずかしいですね」と書かれた返事。その中に、先の文は含まれていた。他でもない、SE本のことである。

実は水面下では、立ち消えることなく交渉は続いていたのだ。

「か、描きます描きます！　すぐにでも描きます！　やれることなら、もうなんだってやります！」

まだ生きていた。可能性が残っていた。完全にあきらめていた話であっただけに、この時点でも既に私にとってはじゅうぶんに朗報であった。

自宅マンションから車で十五分ほど行った先に、カミさんの実家がある。あのドタバタと大騒ぎであった出産から一週間が過ぎた頃、カミさんと娘は無事に退院して、そのままこの実家へと帰省していた。

なにも「実家へ帰らせていただきます」だなんて喧嘩をしたわけではない。一ヶ月程度をここでゆっくり静養して、それから自宅へと戻る予定なのである。

そんなわけでここ数週間というもの、毎日夜になると私はカミさんの実家へ顔を出すのがお約束であった。娘の顔をのぞきがてら、晩飯をいただきに参上していたのだ。

「あれ？　今日は早いじゃん」

その日、夕方六時過ぎに顔を出したところ、不思議そうな顔をしてカミさんがそう問いかけてきた。仕事を終えてから行くことになるので、いつもはだいたい七時過ぎにおじゃましていたのである。彼女が不思議がるのも無理はなかった。

「ああ、ちょっとな」

まぁいいじゃないかと適当にあしらって、一直線に娘の寝ているベビーベッドへと向かう。のぞき込んだ先には、スヤスヤと寝息をたてるかわいらしい顔があった。

じー……っと、その顔を眺めながら「よぉし」と思った。

この日、ここへくるほんの数十分前に、Y口さんとK月さんそれぞれから私は連絡を受けていたのだ。

「企画が通りました」

二人の口から出たその言葉は、長い長いトンネルの終わりを示していた。

『よぉし』

娘の頭を軽く撫でながら、私は心の中でガッツポーズをしていた。

# 第八章

# じわりじわり

「あっちいなぁ……」

左目に垂れてきた汗を指で拭って、私はおおきくひとつ伸びをした。あたりではミンミンゼミの声がけたたましく鳴り響いている。容赦なく照りつける日差しに、肌はじりじりと音をたてているようだった。

まったく、じっとしているだけでも、後から後から汗が噴き出してくる。パチパチとキーボードを叩く手も、なんだかぬるぬるしちゃって気持ちが悪い。

『う〜ん、失敗か？』

ベランダに置いた仮設机に向かいながら、そんなことを考えた。

少しは陽にあたった方がいいよなんて人に言われたもんだから、ならばと試しにベランダで仕事をしてみることにしたのである。ちょうどＤＩＹ用の作業台があったのでそれを机がわりにしてノートパソコンをちょこんと置いて、折りたたみの椅子をひっぱりだしてさぁ完成ときたもんだ。予定では健康的な日差しの中、すがすがしい汗をかきながらなめらかに走る指先……となるはずであった。

しかし現実はといえば、のぼせあがるような日差しの中、ハフハフとうだりつつベタついた汗をかきかきキーボードをぬめらせる指先……ってな感じである。

しかも日差しが強烈なせいで、ノートパソコンの画面はほとんど見えやしないときてる。

『やはりこれは少しばかり頭の悪い行いだったかもしれないなぁ』
今さらそんなことを思うあたりが、なおさら馬鹿の証なのだと思えてしまうのであった。

二本の企画が通ったということで、まずはY口さんとのネットワーク本を片づけて、その後でSE本へ移りましょうというスケジュールが最初に固まった。それで、現在はネットワーク本を鋭意執筆中……と、少しばかり格好良く言ってみればそういった状態にあった。
しかし鋭意と言うにはいささか鋭さが足りず、執筆中というほどには机の前に座っていない。汗をかいてウダウダしつつの現実逃避がやたらと多いのだ。ベランダで執筆だなんてバカな行いに精を出すのも、言ってみればそうした現実逃避の一環である。

どうにも「鋭意執筆中」というよりは「えっと執筆中？」というか、そのあたりがせいぜい似つかわしいところだろうなと思えるのだった。

Y口さんとは、企画が通りましたよと報告を受けたすぐ後に、一度会って打ち合わせを行ったった。そこで聞いた話では、どうやら通りましたよとは言っても、全面的にOKだという話ではなかったらしい。最後の最後まで「本当にそんなの書けんの？」という否定派の意見が根強く残っていたというのである。

「イラストで用語集というのはすごく良いと思ったみたいなんですよ。ただ、実際そんなもん書けるのかいなと信じられないようで、こちらとしては書けるから企画として出してるわけでですね、当人が書けると言ってるんだから、もうそれを信じてくださいと言うしかなくて困っちゃいました」

「あははは、そうですよね」

「いやぁ本当に困っちゃいましたよ。ええ、本当に、あははは。……というかですね、あのですね、本当に、あの、書けますよね？」

実はY口さん自身も、どこか信じ切れていないらしい。

「もちろんですよ」

あらためて聞かれると不安がないわけでもなかったが、とりあえずは自信満々に答えて、「そ、そうですよねあはははは」「そうですよあはははは」なんて具合に二人して笑った。

打ち合わせは他にも刊行時期や何色のカラーにするか、どんな形で原稿をやり取りしていくかなどといった詳細をあらためて確認し合い、ではいよいよ進めていきましょうということで話は落ち着いた。

どんな本が仕上がるか、どんな本に仕上がるか、話をすればするほどお互いに「良い本ができそうだ」なんて実感が湧いてくる。

「売れてくれるといいですね」

「ええ、ほんとに」

「バカ売れしなくてもいいから」

「そうですね、長く売れる本になってくれるといいですね」

細々とではあっても、長く愛される本になって欲しい。それがY口さんと私の共通した認識であり願いであった。

しかしまさかY口さんも、あの時自信満々に「できる」と言い切ってた奴が、イラストどころかその前段階の文章でけつまずいて現実逃避を繰り返すことになるとは、思いもしなかったに違いない。まぁ、書けると言ったのはイラストであるので、とりあえずウソはついてないはずだ。余計にタチが悪いというか、お話にならんぞという気はしないではないけども。

『これがドラマだったら、ようやく手に入れたお仕事なので燃えに燃えて、んでもってバリバリと格好良く片づけてみせて一気に逆転ホームラン……みたいな展開になるとこなんだけどなぁ』

なかなかに世の中はそんな簡単なものじゃないらしい。

最後に勤めていた会社の上司と、「飲みにでも行こうかい」という話になった。子供が生まれましたの報告に端を発したものであり、どうやら出産祝いなるものをいただけるようだ。家にこもってばかりの生活にも嫌気がさしていたところだったので、もちろん喜んで出かけることにした。

自分のようにフリーランスでしかも物書きなどという仕事をしていると、極端に人と会う機会が少なくなってしまう。実はかなりのさみしがり屋さんである身としては、こればっかりはどうにも慣れないことのひとつであった。そんなわけで、人と会う、ましてやそれが飲みに行くというイベントならば、いやそれは大丈夫です参りますＯＫです当たり前ですなんて勢いで予定に組み込んでしまうのである。

あいかわらず原稿はじわりじわりと遅れが広がりつつあったが、この際それは見ないことにした。

もっともじわりじわりとは進んでいるのである。ただ、毎日予定よりも少しずつ遅れちゃうもんだから、じわりじわりと遅れも広がってしまうだけなのだ。進んでる以上はいつかゴールに辿りつく。なんだか日々ゴールが遠のいていくように錯覚するけれども、進んではいるのだからいつかは辿りつくはずなのだ。つまりは長期戦である。長期戦には体力が必要である。

なのでそこまでの体力補給を兼ねて、精神的な休養を得るために今回はお出かけするのですよと、誰にするでもなくそんな言い訳を頭の中で繰り返す自分がいた。

横浜で飲もうということに決まると、ついでだということで元上司はその近辺の人たちにも声をかけていたらしい。行ってみると昔ユーザサポートに在籍していた人なんかも来ていたりして、なかなかに懐かしく楽しい飲みの席となっていた。

「どう、子供かわいい？」

「いやぁ、かわいいですねぇ」

お祝いには上品な子供服をいただいた。それを広げて眺めながら答える私の顔は、多分でれでれとだらしなく笑ってたんだろうな、と思う。

楽しく会話のはずむ席というものは、それを肴《さかな》としてお酒もおいしく進むものだ。ほろ酔い気分で話す内容は、時に仕事の話であったり、時に昔話であったりしたけれど、やはり一番多いのは生まれたばかりの子供の話だった。

まぁ、それが今回の主旨なんだから、当たり前っちゃ当たり前なんだけど。

ところがである。当たり前のように子供の話をして、当たり前のように子煩悩《ぼんのう》っぷりをさらけ出していると、最後には当たり前じゃないよと驚かれてしまったのだ。

「すごいねぇ、そこまでかわいいんだ」

どうやら自分では普通に子煩悩なつもりでいたのだけれど、上司さんの基準からいうと大変に子煩悩であるらしい。

「そうですかねぇ、普通じゃないですかねぇ」

そんなことを赤ら顔で答えつつ、なおもグビグビとジョッキをあおる。

「いやぁ少なくともオレはそこまで思わなかったよぉ」

上司さんの顔も、いつの間にやら相当に赤い。

「それはアナタが冷酷な人だからじゃないですかうぇっぷ」

クールさが売りの人なので、これはかなり的を射ているというか、ことあるごとにそう言ってからかうのがいつものお約束であった。

「まぁたそんなこと言っちゃって、あっひゃっひゃ」

「あっひゃっひゃ」

二人とも、いい感じの壊れ具合である。

「あ、わかったあれだよ、まだ夜泣きしてないでしょ？」

そうかわかったぞといった感じで、上司さんはドスンとジョッキをテーブルに置いた。

「いやどうでしょ。そもそもまだ実家にいるんで、一緒に寝ること自体まれなんですよ」

はっは〜んと彼の目が光る。

「だからだよ〜。あれは大変だよ？　寝れないからね。そのあたりになってくると、疲れちゃってまた変わってくるよ」

そういえば晩飯をいただきにカミさんの実家へ行くと、アイツは決まって寝不足だという顔で飯を食っていたような気がする。なるほど、確かに辛そうではある。

「そんなもんですかねぇ」

とりあえず今は楽しみの方が勝ってるからなぁと思いつつ、またまたグビグビとジョッキをあおる。

そろそろあれから一ヶ月。
三人暮らしのはじまる日は、もうまもなくなのであった。

# 第九章

# 寝れないんだもん
# 関係ねぇや

自分で課した一日のノルマがなかなか達成できないので、いつの間にか執筆作業は深夜にまで及ぶようになっていた。じわじわと遅れていくスケジュールを追いかけるには、じわじわと作業ペースを上げていくしかない。ペースが上がらないのであれば、それはもう時間でカバーしていくほかないという結論になったのだ。

そんなところへ、里帰りを終えたカミさんが娘を連れて帰ってきた。いよいよ三人での生活がはじまるわけである。

「ただいま」

「おかえり」

二人が帰ってきた日、玄関ではそんな挨拶を交わした。

実際は車で迎えに行ったので、自宅へはいっしょに帰ってきた。なので本当は「おかえり」もなにもないもんだ、なのだけれど、やはり何というか区切り的な意味も込めて、「おかえり」と言うのがしっくりくるように思えたのだ。

二人が帰ってきた後で私がはじめにやったことは、寝室に置いてあった省スペース型のデスクトップパソコンを、リビング脇の和室へと移動させることだった。娘のねどこスペースは当面この和室に設ける予定だったので、日中なんかでもできる限り顔の見えるところで仕事がしたいなぁと、仮設の仕事場所をここへ置くことにしたのである。

ハナっから
睡眠時間が取れない自分にとって…
パパお仕事飽きちゃった
ミルク飲まんかな娘よ
スースー
夜泣きなんかは
ただの気分転換だ

どうせ今はまだ解説の文章部分を書いてるところなわけだから、この省スペース型なんかで十分に事足りてしまうのだ。

ミルクを飲んでお腹がいっぱいになった娘は、帰ってきてからもずっとグースカお休み中である。

カミさんの入れてくれたアイスコーヒーを飲みながら、二人でその寝顔をじーっと眺めてみたりした。

八月も終わろうかという、秋近しの頃であった。

いざ三人暮らしがはじまってみると、予想外に時間が取られちゃうなぁということがわかりはじめてきた。

たとえば、う〜んと考え込んでそこらで

ふて寝していると、「手が空いてるならオムツ換えてやって」という声が飛んでくる。調べ物のつもりでネットをぼーっと眺めていると、「遊んでるならミルク飲ませてやって」という声が飛んでくる。

どうもハタから見ていると、ガシガシ文章を書いたりしてるのではない限り、私の仕事というのは「遊んでる」もしくは「休憩してる」ように見られがちなのである。

これは結構イタかった。

なんせこちらとしては「考える」ことが仕事なわけだから、そこに割り込まれてしまうのはキビシイのだ。それこそ考えがまとまらない時や、いいアイデアが浮かばない時は、ひたすらぼーっとして頭の中が真っ白になるのを待ってるだけの時なんかもある。

これなどは、もう絶対に仕事中だとは見えないらしい。

けれども頭の中が真っ白になると、ある瞬間に「ポコッ」と何らかのイメージが浮かぶことがある。それをえいやとつかまえて、まだ明確な形にはなっていないそのナニモノかを、ゆっくりと慎重に、間違えて他のイメージで打ち消したりしないように拾い上げる。そしてじっと見つめることで、「これはいいぞ」という文章の断片や、あらすじなどを手に入れるのである。

ただ、真っ白になったついでにそのまま眠りに入っちゃうこともあったりして、そんなところを幾度となく目にしているカミさんからすると、「仕事してないじゃん」と思ってしまうのは至極当たり前の話ではあった。

しかしそうはいっても、これは自分の仕事にとって欠かせないことである。

それで、「なんとか理解してはもらえんですかね困るんだよキミィ」などと時折り我が青年の主張を繰り広げたりしてみるも、「だってそう見えないんだもん、しょうがないよ」といつもすげなくぶった切られてしまう。いやいやそれどころか、仕事はちゃんとしなさい、サボってるのならこっちを手伝いなさい、言い訳ばっかしてんじゃないよわかったかこのぐうたら亭主め、なんて顔までされてしまう始末である。

『なんかオレって、会社を辞めたことによって、ひょっとしてカミさんという一番理不尽な上司を持ってしまったんじゃないか？』

それは少しばかり背筋の寒くなるような考えであったけれど、実に的を射ているように思われた。

しかしなんだかんだとは揉めながらも、時間さえ経《た》っちゃえばお互い慣れが出てきて、適当なところでバランスが取れてくるものだ。一週間、二週間と経つにつれ、「自由にしてなさい」と放置プレイをかましておいてもらえる時間は確実に増えつつあった。

しかし一方で、原稿の遅れも相変わらずふくらみ続けている。まったく面目ない話ながら、もともと着実に遅れていたものなので、カミさんがこちらに気をつかってくれるようになったとしても、相変わらず遅れるもんは遅れ続けるのみであるらしい。

『どうにも返しきれない借金に、ひたすら追われ続ける悲しき自転車操業よ……ってな図だなぁ』

この頃になるともう睡眠時間を削ってでもという勢いになり、執筆作業はいよいよ明け方近くまで及ぶようになっていった。

しかしこのことは、ある意味では「ちょうど良い」ことでもあった。

以前元上司さんが言っていたように、夜泣きなるものは確かにえらくお騒がせなものだった。ところがそこに、こうした生活パターンがピタリとうまく嚙み合ったのである。

だいたい眠りについた後も二時間置きくらいで娘はほぎゃほぎゃと目を覚ます。当然その都度ミルクを飲ませてやらなきゃいけないわけなので、その準備も考えると、どうしたって面倒を見る側は一時間ちょい間隔で叩き起こされることになってしまう。

これじゃあ、寝不足になるのは当たり前であった。

ところが、ぐうたら亭主はだらだらとそんな時間にも起きてキーボードを叩いている。いやいやそれどころか、「なんか現実逃避のネタはないかなぁ」なんてひそかに思いつつ、真夜中に娘の寝顔をじーっと眺めていたりする。

そんなもんだから、当然のように夜のミルクやりは自分の仕事になった。みんなが寝ている和室でそのまま原稿をこねくり回してたので、わざわざカミさんが目を覚ますよりもその方が自然なことだったのだ。

だいたい私が眠りにつくのが、いつも明け方の四時過ぎくらいだった。なのでカミさんにはそれまで休んでていいよということにして、四時以降にバトンタッチをすると決めた。

こちらとしては夜のお楽しみができるわけだし、娘にそうして何かしてやれることが嬉しくもある。カミさんも少しはまとまった睡眠が取れるようになって助かるわけで、みんながちょうど良い具合におさまるべくしておさまったと言える。

「娘よ、はやく起きんかね？　パパはお仕事に飽きちゃったよ」

夜中の二時を過ぎる頃になると、あっためたミルクを片手にそんなことをほざく私の姿があった。

「どうですか、進み具合は？」

そろそろしびれを切らしたのか、Y口さんが一度打ち合わせをいたしましょうと言ってきた。名目は表紙をどうするか、中のレイアウトをどうするかということであったが、そろそろ尻を叩いておかねばまずそうだなぁコンチクショウと思っているのは間違いない。

すでに九月も半ばを過ぎた。当初の予定通りであれば、今頃だと原稿はイラストも含めて九割方できあがってなくちゃおかしいのだ。

打ち合わせをという声に対して「了解です。進み具合についてはその時詳しく報告します」と返事をした後、私はいつにも増して急ピッチで原稿を仕上げにかかった。進んでないものは進んでないものとして、それでも幾分かは格好のつくようにしておきたい。それには「文章部分はすべて終わりました」と答えられることが、もっとも効果的に違いないと思えたのだ。

幸いこの頃になると、文章部分にもようやく終わりが見えつつあった。打ち合わせは一週間後、なんとかそれまでには片付きそうである。

『よぉし』

ここが頑張りどころだぞと自分を励ましながら、ひたすらガシガシと原稿を書き進めた。ガシガシと書き進めて、ケシケシと書き直して、またガシガシと書き進めて、そんな日々を一週間。ようやくすべてを書き終えたのは、打ち合わせ当日の朝日が昇らんとするあたりのことだった。

「で、で、で、出来たぁ」

最後の一文字を打ち終えて、はやる気持ちを抑え込みながらプリントアウトした文章を読み直し、また若干の直しを入れた後で読み直し、そうしてバタンと机に倒れ込みながら、私はそうつぶやいた。

イラストと文章が一対一の関係になる用語集なので、ページ数で言えばちょうど半分が終わったことになる。これでとうとう折り返し地点まで辿りついたというわけだ。

いよいよあとはイラスト部分の作り込みを残すのみ。その前にまずは一眠りして、今日のところは達成感に包まれながらゆっくりしようと、明るい空を眺めながら布団へともぐり込んだ。

完成した文章部分の原稿は、Y口さんが会社を出たなというあたりにメールで送ることにしようと考えていた。

普段素行のよろしくない者が〝たまに〟良いことをすると「実はいいとこあるじゃん」なんて言われるように、想像よりもましな話を聞くと「なんだよ随分と良い状況じゃん」などとほっとするのが人間って奴である。

おそらくY口さんは最悪の進捗状況を想像してやってくるだろう。会ってから「文章部分は全部終わりました、メールで送っときましたんで帰ってから見てください」と言えば、ああそれは良かったと胸を撫で下ろすに決まっている。

だったらきっとあんまり怒られないで済むだろうなぁと、なさけない空想を頭に描きながら、私はスヤスヤと眠りに落ちていった。


キミそれは社会人としてどうなのよというセコい作戦ではあったが、どうやらY口さんには効果があったようである。「いやそうですか、なんだそうですか、おやおやそうですか」なんて具合に、明らかに安堵の表情を彼は浮かべていたし、ならば何も言うことはないと、表紙やレイアウトの話を手早く済ませて帰っていったのだ。

もっと尻を叩かれるかと冷や冷やしていたので、こちらも正直ほっとした。

ところが調子にのって「文章という山を越えたわけだから、下りのイラストは早いですよ」なんて言っちゃったもんだから、今後はこれが問題化してきそうではある。

まぁ言っちゃったもんは仕方がないので、そうなるように祈りつつ、ダメだったらゴメンナサイしてしまおうと開き直ることに決めた。

自宅からの最寄り駅となる東戸塚の駅は、自転車で十分ほど行った先にある。今日の打ち合わせは、この駅の改札で待ち合わせて、そのまま駅前のファミレスへと流れて行われた。「忙しいでしょうから」という理由でY口さんがこちらまで来てくれると言ったもんだから、それに甘えた格好である。

改札までY口さんを見送った後、さてどうするかと外に出て考えた。

本当ならすぐに帰って「執筆だ」と汗かきしなきゃいけないのだろうけど、こうして外に出たのも久しぶりである。なんだかこのまま帰ってしまうのはもったいなく思われた。

時刻はまだ夕方の五時を過ぎたあたり。なのにもう周囲は暗くなりはじめていて、陽の落ちるのが早くなったことを否が応にも実感させる。

駅前に見える人の流れにも、いつの間にやら長袖の人が増えていた。

そういえばセミの声も、最近はとんと耳にしない。

『そうか、知らない間に夏も終わってたんだなぁ』

急速に暮れゆく空を眺めながら、そんなことを思った。

イラスト部分に作業が移ると、今までのように和室のパソコンで作業することはできず、メインマシンでガシガシと描いていくしかない。ラフを描きおこす時は今まで通り和室やリビングでカリカリとやっていたけれど、それでもいよいよ仕事部屋にこもることが増えていった。

イラストになって作業が楽になるなんてことはない。逆にここからが本番であり、ここからが今回の場合は一番険しい道のりなのだ。

しかしこれまでに散々遅れてしまったという状態なので、文章部分で最後に見せたラストスパートの勢いを、なんとか減速させずに繋《つな》ぎたかった。

いくらなんでもこれ以上遅れるのはまずい。

古巣からいただいたお仕事で稼いだお金だって、もうすでに底が見え始めていたのだ。

栄養ドリンクを買い込んできて、眠気をなんとかごまかしながらガシガシと描きなぐる、そんな日々が続いた。


十月に入り、半ばが過ぎ、終わりが近づいて、十一月になろうかという頃、Y口さんとの間で「いよいよギリギリです」という話が出た。

ここまで毎週、金曜日になるとその週に描きあがったものをY口さんへ送付するようにしていた。それらは自分でも「よしこれはいいデキだぞ」と思えるものだったし、Y口さんも「うわ、ここまで描きこんでいただけてるんだ」と思ったらしい。このクオリティを崩すようなマネはしたくないと、ひたすら待ちの一手で、じっと我慢してくれていたY口さんであった。

その彼が「ギリギリ」なのだと言う。

ああ、本当にギリギリのところまで来ちゃったんだなぁと思った。

詳しく話を聞くと、どうやら仕上がりが見えてくるほどに、社内の評価が高まりつつあるということらしい。それで、営業さんあたりから「いつになったらあれは販促に回らせてくれるんだ」とつつかれはじめているというのである。

もう今では否定派の声など皆無であった。同時に、当初予定していた初版部数も大幅に増量するぞということが決定されていた。

まったく、人があくせく足掻いている間に、世の中というのは動き回っているものである。

最終期限は十一月半ば。

泣いても笑っても、それが最後のゴールであった。

いよいよこれがラストスパートという頃になると、カミさんと娘は一週間ほど実家に帰って邪魔をしないようにするというカンヅメ体制が敷かれた。

「晩ご飯は毎日届けにくるから、パパがんばってね」

そう言って、カミさんは娘の手をバイバイと振ってみせた。

二人を見送った後で家に入ると、中はガランとして妙に暗く、そしてもの悲しい。机の上に散乱する栄養ドリンクの空き瓶が、これまたやるせなさを増幅してくれる。

「よぉし」

娘のいないことが特にさみしかったけど、描きあげなければ迎えに行くことも叶わない。こりゃもう、とにかく気合いを入れてスパートをかますしかなかった。

なんせ、そうしないとお金だって底をついてしまうのだ。

栄養ドリンクをグビグビしながら何度目かの日の出を迎えた頃、ようやく最後のイラストが仕上がった。

急ピッチで校正を進め、Y口さんと二人して何の不満もない出来であることを確かめ合う。

二〇〇二年の末。『図解でよくわかるネットワークの重要用語解説』と題した、自分でも満足のいく書籍が店頭にならんだのを最後として、フリーランス一年目の年は終わろうとしていた。

# 第十章

# うれしいお知らせ

年が明けて二〇〇三年。この年の正月は「ひと仕事終えた」という満足感もあって、実にのんびりと過ごせたように思う。しかもいつもなら仕事が終わるというのは、すなわち次の仕事探しがはじまるということを示していたが、今回はその必要もなく、「次の仕事」は既に内定済みという安心感があった。技術評論社のK月さんと作るSEの失敗談本。それが次の仕事だった。

三が日が終わると仕事始めが待っていて、さぁ、心機一転がんばりますかということになる。しかし実はこの後の月半ばには大阪の実家へ帰省する予定が入っており、しかもこれが一週間程度は向こうに滞在するという結構な長期休暇であった。当然その間はお仕事ができないわけなので、今からエンジンをかけても中途半端に待ったがかかる。それはやはり無駄であるからして、と言い訳をひねり出し、とりあえずはウォーミングアップ程度にと、目次案をこねくり回すだけの毎日だった。

ところでどうしてそんな時期に帰省するのかというと、それは正月の帰省ラッシュを避けるためである。

フリーランスという立場だと、仕事上の都合さえつくならば、休日というのは自分で決めてしまうことができる。ならばわざわざ帰省ラッシュ時期に動くのはバカバカしい。数少ない特権なのでフルに活かさねばもったいないと、こんな月のど真ん中に帰省予定を差し込ん

富士川SAで見る、富士山は、
大阪へ帰る
長い道のりの
途中にある
数少ない
楽しみのひとつだ

だのである。

ただ、本当ならその代替として正月三が日は返上しなきゃいけないとこだ。けれどもやっぱり世の中は正月気分でのんびりしているし、そんな時に自分だけ働きなさいというのも殺生な話ではないか。

それで、正月気分は正月気分として楽しんで、まぁあの何というか後のことは後で考えようと開き直ってしまったのだった。

大阪では、両親が初孫に会える日を今か今かと手ぐすね引いて待ちかまえている。兄妹などはまだ顔も見てないぞということで、こちらもとにかく娘のお披露目を楽しみにしている様子だった。

大阪へ帰ると、ひさしぶりだなぁという

ことで、兄夫婦が毎晩酒をかかえてやってきた。

二年前に結婚した兄貴は、今はここから歩いて五分ほどのところに、アパートを借りて住んでいた。それでいつも実家に帰るとこうして毎晩顔を出してくれるのだけど、その右手には必ず一升瓶が握られている。帰る時も一升瓶を握ったまま帰って行く。

これを兄貴の奥さんなどは、「ほんまなぁ、飲んべでしゃーないわぁ」と言って笑っていたが、兄貴からすると「お前こそ飲んべやんけ」ということになるらしい。

早い話が両方とも飲んべなわけである。

この飲んべ二人組。いつも夜十時頃にやってきて、帰るのは夜中の二時か三時である。田舎の住宅地なので街灯なんかも多くはない。そんな暗い夜道を毎晩一升瓶片手によたよた歩く夫婦の姿というのは、随分シュールな光景であるなぁと思われた。

今ではこの二人が、実家の家業を継いでいる。

ウチの実家というのは昔から洋服屋を営んでいて、自分も実家にいた頃は年末商戦時期などに駆り出されたりしたものだ。大学に進学して神奈川で一人暮らしをはじめた後も、うっかり年末に帰省したりすると、「手伝え」なんて駆り出されそうになる。それでそのうち、帰るなら年が明けてからだなと思うようになった。

時代の流れを反映して、今はもうその時の店舗はなくなっている。

けれども兄貴が家業を継ぐよと実家に帰ってきて、それを機に増やした店舗のうちいくつかが軌道に乗り始めており、姿形を変えながらも家業としては今も変わりなく続いていた。

そういえば、いつの間にやら妹も今ではその一員として毎日店に出ているらしい。

かつてはお手伝いといえばいつも駆り出されるのは自分であり、妹や兄貴は嫌がって店に出ようとしなかったものだ。大学時代に「帰省して手伝わされるのが嫌だ」と逃げたのだって、「なんで実家にいる人間が手伝わずに、たまに帰ってきたオレが手伝わされるんだよ」と思ったからである。

それが気がつけば自分以外のみんなで団結して店をやっているわけだから、時の流れというのはおもしろいもんだよなぁとつくづく思う。

そんなわけなので、みんなで酒を飲んでいたりしても、ついつい店の話になることが多かった。父親も未だ現役ではあるが、それとは別の意味で今や兄貴も家業の中心人物なわけだから、こうして集まったりすると「そうそうあれ言っとかなきゃ」となることが多いのだ。

今や自分の知っていた頃とはあまりにも変貌を遂げているために、そうした話というのはハタで聞いててもまるでチンプンカンプンである。

やあ、もうすっかり部外者だなぁと思う瞬間でもある。

カミさんなどはそうした光景を見て、たまに「疎外感を味わっているんじゃないだろうか」と心配になることがあるらしい。けれども自分としては、そうして部外者でいさせてくれることがありがたかったし、部外者として聞き役になれるというのもいいじゃないかと考えていたので、特にそうした心配は必要なかった。

第一、いつの間にやらそれだけ団結してたのねというのは、眺める側としては喜ばしいことでもあったのだ。

まぁ団結とはいえ、そこは人対人のことなので、様々な軋轢《あつれき》というのはやはりある。たまに帰ったときにそうしたことを聞くというのが、家族としての自分の役割なのかなぁと勝手に思っていた。

さてさて、延々と毎日酒盛りを続けていれば、こちらの調子はどうなのよといった話も当然のように出てくるものだ。

さて、どうなのだろうか。兄貴からそう聞かれた私は、思わず「う〜ん」と考え込んでしまった。

初年度として一番つらい山は越えたような気はするが、いつも締め切りと資金繰りに追われながらの自転車操業であることにかわりはない。ひとつの本を書くのに時間がかかりすぎればアウトだし、ひとつの企画を通すのに時間がかかりすぎてもアウト。

今のままでは、いつかはじり貧になる怖さみたいなものがあった。

「きびしいねぇ。増刷のかかる本が出始めてくれれば、それで年を追うごとに楽になってってくれるんだけど……」

「増刷はかかりそうなんか？」

「う〜ん、今度出した奴は少し自信があるけども、なんとも言えないねぇ」

「そうか、なかなか難しいんか」

そう、難しかった。

そもそもの計画は、三ヶ月周期で本を仕上げて行き、これで月給分の収入を賄いながら、いずれかに増刷がかかるのを待つというものだった。この増刷分がいわばボーナスとなるし、こうした本を二冊三冊と増やして行くことで、年を追うごとに生活が楽になると、そういう考えでいたのである。

しかし去年一年間を振り返ってみれば、「三ヶ月周期で本を出す」という時点からもう落第点であった。結局出せたのは二冊だけなのだ。これでは六ヶ月周期である。

しかも今のところ増刷通知などはまったくない。もっとも、先日出した『ネットワークの重要用語解説』に関してはまだ発売して一ヶ月も経ってないわけだからそんな連絡が入るはずもないのだけど、じゃあこれがこの先期待できるかといえば、それは今までの実績からして「ある」と言い切れるだけの確固たる自信などはなかった。

いや、正確にいえば「自信」はある。それだけいい本を作れたという自負もある。けれど以前言われたこともあるようにネームバリューの世界なのだろうから、その中で自分の自信なんかがどれだけ売り上げに直結してくれるものなのかわからないのだ。

むしろヘタに「いい本を作れた」という気持ちが強いだけに、これでまったく売れなかったとなれば、じゃあ何を気持ちの拠《よ》り所にして以後がんばっていけばいいのかと、それを見失う可能性だってある。

だからこそ、今の時点で甘い展望を抱くことは厳禁であった。

「まぁ、宝くじにでも当たるのを待つような気持ちで、のんびり朗報を待つとするよ」

そう言って、私はへへへと笑いながら缶ビールをグビグビと飲んだ。

しかし我ながらうまいことを言う。

まさしく今の自分には、増刷というのは「宝くじを当てる」ことに等しかったのだ。

大阪にいる間、日中は犬の散歩に出かけたり、皆が働いている店舗へ顔を出しに立ち寄ったりと、特にこれといった目的もなくふらふらして過ごしていた。

ちょこちょこと近所をドライブしてみれば、知った店は潰《つぶ》れているし、団地は取り壊されてるしで、まったく見る影もないといった景色が続く。この十年というもの、帰ってくる度にこれなのだ。いい加減慣れるだろうと思うのだけど、いまだに慣れる気配がない。しかも山一個が切り崩されてるのも珍しくないもんだから、「あれ？　こんなとこに道あったっけ？」とか、その逆に「ここ道なかったたっけ？」なんてこともあり、近場といえどもなかなかに油断は禁物なのであった。

そんな中、娘が鼻をずるずるさせはじめて、どうやら風邪をやっちゃったみたいだという話になった。それで、昔自分がお世話になっていた町医者へ連れて行くことにした。

もうかれこれ何年振りになるだろうか。小学四年あたりから花粉症になってしまった私は、それから毎年この病院で薬を処方してもらっていた。あんまりよく効くので、神奈川へ発ちますという時は、あちらで同じ薬がもらえるようにと、処方箋を名刺にメモ書きなどしてもらったもんである。

念のため両親に確認したところ「まだあの場所で健在だよ」というので、さっそく車で向かってみた。確かに昔と同じ場所に昔より少しくたびれた建物がたっていて、いつも待ち時間に読む本を買っていた本屋だって、ちゃんとその真向かいにくたびれながらも残っている。

「ああ、ここは変わってないや、懐かしいなぁ」

もうあんまり懐かしかったので、思い出すそばからカミさんに昔話をしてしまう。そうして話すことで、ああそういえばこうだった、そういえばああだったたと、自分自身の記憶も整理していたのだろう。

中に入り、しばらくして診察室へ通されると、あの頃より随分としわの増えた、けれども間違いなくあの時の医師がそこにいた。もうすっかりおじいさんであるが、今も変わらず現役であるらしい。あの頃と同じ穏やかな話し口調が印象的だった。

診察を終えて病院を出たあたりで、カミさんが買いたい本があるのだと言い出した。毎月買っている子育て雑誌が、今日発売日のはずなのだと言うのだ。それじゃあということで向かいの本屋に立ち寄ることにした。

本屋のドアを開けると、十畳ほどもないであろうすばらしく狭い室内に、うずたかく本が積まれてぷーんと新刊本のにおいが立ちこめている。ああこの匂いだ、そうだそうだとこれまた何だか懐かしい。

店の中には、これも「あの頃から店番をしております」といった年代のオバサンが一人いた。このオバサン、赤ん坊がかわいくてたまらないらしく、娘を見るやいなや「かわいいなぁ、かわいいなぁ」と繰り返すだけの人となってしまった。もうお店なんかそっちのけで、なんだかいかにも孫を見るような目をして、「アブアブ〜、いくつでちゅか〜」だなんて娘にちょっかいをかけている。

おそらく私たちと同年代の子供がいて、そして私たちの娘と同じくらいの孫がいるのだろう。娘を通して、たまにしか会えない孫を思い返していたりするのかもしれない。

『そうか、そうだよなぁ』

こうしてこの町でみんな育てられてきたんだよなぁと、ふとそんなことを思った。あまりに昔のまんまで、ついつい子供時代に記憶が引き戻されそうになる中で、カミさんと子供を連れてその場所に立っているということが、なんだか不思議であり、気恥ずかしくもあり……。

けれどもそれは、決して悪くない気持ちだった。


そんな具合に基本的にはふらふらとしながら、そしてたまにはノスタルジーに浸りつつ、んでもって娘のほっぺをつんつんとつついて遊んでるうちに、一週間はあっという間に過ぎようとしていた。

「まぁ、アンタもがんばらなアカンで」

晩飯の煮物をちょいちょいとつまんでいると、母親がそんなふうに声をかけてきた。いよいよ明日は帰る日だということで、晩飯を食べながら話す内容もそうしたハッパかけのようなものが増えてくるのだ。

「ああ、そうやな」

ダシ味がよく染みた大根の切れ端をぽいと口に放り込みながら、『確かにがんばんなきゃなぁ』と頭の中で反芻する。

今日も九時頃になると兄夫婦が来るらしい。いよいよ最後の夜になるわけだから、当然またまた飲むかということになるだろう。しかしまったくタフな夫婦である。

「じゃあその前に、娘を風呂に入れちゃうか」

「そうだね」

そんなふうにカミさんと話し、じゃあ準備すっかと席を立った時だった。

……ジャカジャカジャン、ジャカジャカジャン……

食卓の上に転がしてあった携帯電話が、突然ブルブルと震えながら着メロを奏ではじめた。

「ん？」

着メロは、アドレス帳のグループごとに個別のものを割り当てている。そのため、音さえ聞けばどういった用件の電話かはだいたい推し量ることができた。

鳴っているのは「仕事関係」グループに割り当てた着メロである。つまりは何か仕事絡みで用件が発生したらしい。

「誰だろか」

携帯電話を開いてみると、画面にはＹ口さんの名前が表示されている。どうしたんだろかと不思議に思いながらも、とりあえずもしもしと電話に出た。

「……え？」

電話口の向こうで、心なしかＹ口さんの声は随分とはずんでいるように思える。

「ほんとに、ほんとですか？」

信じたいけど信じられない。そんな気持ちで、私は再度Ｙ口さんにそう訪ねた。

「はい！　本当です！」

「本当に増刷が決まりました！」

店頭に並んでから、ちょうど一ヶ月が経とうかという頃だった。

『宝くじが当たった……』

増刷決定のうれしいお知らせは、その夜の酒をこれ以上ないほどにおいしく感じさせてくれたのだった。

# 第十二章

# 社長の苦悩とキャバクラと

嬉しい増刷の知らせから一ヶ月が過ぎた。

技術評論社では、出荷部数と返本部数の差し引きを集計して印税額が決定されるので、すぐに印税ががっぽがっぽなんてことはない。それでも初版分が一通りはハケつつあるという状況に違いはないだろうから、半年ほど後に待つ最初の集計では、きっといくらかのお金は支払ってもらえることになるだろう。

その額がいくらになるかはまだわからないけれど、少なくともこれで「いつまでも自転車操業」の危機感が若干和らいでくれたのは事実である。何より書き上げた時に感じた自信がそのまま売れ行きに反映されたというのは、今後を占う上でかなり重要な意味を持っているようにも思う。

「自分に偽りなくクオリティを保つ努力をすれば、結果は必ず後からついてきてくれる」

そう思わせてくれたことが、今回の仕事で得た一番大きな成果だった。

そうした自信というのは安心感につながって、おかげでK月さんと手がけはじめたSE失敗談本にもかなり良い影響を与えつつあった。

今度の本は「おもしろおかしく読ませる」ことが大事な読み物となる。しかし「おもしろかったね」だけで終わっても片手落ちである。

バリバリ仕事をこなす
中堅どころの
SEを描いてと
言われると
こんな絵に
なって
しまう
ダメ出しを
いただいてから
世の中との
ギャップに気づく
↑これでも
アウトらしい

おもしろかったねとグイグイ読ませつつ、しかも読み終えた時に何かが心の中へと残るようにしなきゃいけない。それも実用的な面で。

　これがなかなか難題であったはずなのだけど、そこへ今回の自信というのがかなり役立ってくれたのだ。自分で徹底的に読み返して、ちょっとでも違和感のあるところは何度でも書き直して、その結果「しっくりきた」なと思えた時にはきっと良い物に仕上がってくれているはずだ。そんな割り切りができたのである。

　少なくとも自分が自分の中で妥協さえしなければ、その時はそれなりのクオリティにきっちりと仕上がってくれてるもんだよと、自己暗示をかけることができたと言い換えてもいい。

書き直しで時間を食う分は、そのうちに入ってくれるであろう「『ネットワークの重要用語解説』の増刷印税」が頼りだった。

そういった意味では、先の『ネットワークの重要用語解説』という奴は、私に対して「精神面での支え」と「金銭面での支え」という二本立ての助けをもたらしてくれたことになる。これは実にイカした奴だと言わなくちゃならんだろう。ありがたやありがたやである。

もちろん次のSE失敗談本でずっこけりゃ、こうした資産はすべて使い果たしてしまうことになる。気持ちとしては、やっと手に入れたタネ銭を使って、より大きな成果を生むために再度自分へ全部突っ込みましょうというような、我が身を使った投資ゲームみたいな感覚があって、次のステップアップを図るためにここはより大きな努力を要するのだ、などとや握りこぶしを当社比二倍の堅さに握ってみたりなどしていた。

自分の姿勢というのは、K月さんも良く理解してくれていたようで、「いついつまでに仕上げましょう」とプレッシャーをかけてくることもなく、「助けが必要になったら声をかけてください」などと言って、ただじっと岩の如く待ちの一手だと決め込んでいる様子だった。

それでいて、送付した分の原稿に関しては必ず感想を返してくれる。

これには随分と助けられた。

一人でじっと書き物に没頭していると、ついついあらぬ方向へ迷走してしまっているんじゃないかと不安になる時がある。なので第三者からの感想というのはとても貴重であり、もしも立ち位置を見失いかけた時には、己を客観視して位置を再確認できるありがたい道しるべとなるのだ。

思えばY口さんもそうしたタイプだったように思う。とにかくおかげでこちらとしては、じっくりと気の済むまで推敲《すいこう》を重ねながら書き進めることができたのだった。

二月の末頃になって、これはこのままじゃネタの数が少しばかり足りないなぁ、ということがわかってきた。基本的に「体験談」としてありがちな失敗を紹介するということになっていたから、アレンジを加えるにせよ、体験そのまんまを記すにせよ、とにかくネタの数はイコール体験談の数であり、書籍一冊分のエピソードを用意する必要がある。

これが、どうも三分の一程度足りないかもなぁ、ということになったのだ。

単純に数だけで言えば、埋めきるだけの話はすでに目次案としてあげてあった。しかし書き進めるにしたがって、少しネタとしての粒が揃ってないというか、失敗談としての濃さにバラつきがあるように思い始めたのだ。

それで、もっとより良いネタを仕入れて話の粒を揃えようということになり、この頃あたりから、昔の同僚やK月さんが渡りをつけてくれた会社などに取材回りへと向かうことが増えてきた。

取材にはK月さんも同行するのが常であったため、当然ながら彼と会う回数も増えてくる。途中の道すがらたわいもない話を交わしていたりなどすると、その中から「あ、いいですね、次はそれをやりましょう」なんて企画の話がポコッと生まれてくることもあり、この調子で行けばSE失敗談本を書き上げた後も、順調に次の仕事へつなぐことができそうだった。

たわいもない雑談から生まれた企画のひとつに、「社長さんたちへのインタビューを記事にする」というものがあった。

あちこちインタビューに回って話を聞くというのは、それ自体がすでに十分おもしろい。ならばそれをもっとこう「自分にとっておもしろい」対象に向かってやれたとしたら、これはとても楽しい仕事になるのではないだろうか。そうすれば、読む側にだってそのおもしろさなんてのは伝わってくれるのではないか。

そうした考えが発端となったものである。

すでに今回のSE失敗談本を通して、自分の料理法というのを目にしていたK月さんにも、これは好意的に受け止められた。

「いや、それは確かにおもしろそうですよ」

せっかくだから絶対やろう。そうしよう。そんなふうに二人で合意して、ついでにこれもネタとして仕込めそうなら、今の時点から取材回りだけでも開始しちゃっていいんじゃないかという話になった。

「ただ、どんなふうに方向性を定めるか、それでどこを売りとして企画会議で見せるかですね問題は」

今回の本がなかなか承認してもらえなかったというのもあるし、できればまた同じように作例を示すことが一番てっとり早い。そんなふうにK月さんは言って、誰かどこかの社長さんにサンプルとして取材させてもらえれば良いのですが、とこちらを見た。

「心当たりがないようであれば、私の方で何社か当たってみますが、どうですか?」

協力してくれそうな社長さんなら、昔の仕事仲間絡みで二件ほど覚えがあった。

「そうですね、んじゃちょっと知人をいくつか当たってみます」

その後ほどなくして、横浜にある小さなシステム開発の会社へと取材に行くこととなる。

かつての上司さんが、二〜三年ほど前に立ち上げた若い会社である。

横浜の関内《かんない》という駅でK月さんと待ち合わせ、今日の取材相手となる目的の会社へ向かう。

今日の取材は、SE失敗談本ではなく「社長さんのインタビュー本」を書くためのサンプル取材が目的であった。そのため、今日の結果がそのまま本になるとは限らない。しかしそうしたことも含めてその会社の社長さんにお願いしてみたところ、構わないよ時間作ってあげるよと協力を快諾してもらえたので、今日おじゃましますということになったのだ。

その社長さんは、自分が社会人になって初めて配属された部署……というかグループの、リーダを務める人であった。つまりはかつての上司というわけであり、サンプル取材が必要となった時に、真っ先に頭に浮かんだ「取材に協力してくれそうな社長さん」でもある。名をF田社長といった。

他にもその会社には、その頃の同期だとか、仲の良い先輩だとかも在籍しており、そうしたメンツに会うというのも楽しみの一つだった。残念ながら先輩の方は他社へ出向中ということで会うことは叶わなかったが、同期の方はちょうどタイミング良く社に戻っているところだった。それで、互いの近況報告などもちょこちょこと交えつつ、ついでに現在執筆中のSEの失敗談本に使えるような話を持ってないかなども聞いてみたりして、なかなかに楽しい時間を過ごすことができた。

F田社長のインタビューは当初一時間強程度の時間を予定していたのだけれど、あれよあれよと大幅に予定を超えて、結局三時間近くも費やされることになった。

もともと話し好きな人だったので、おそらくしゃべり出すと止まらなくなったのだろう。これ
こちらとしても、多く話してもらえるほどエピソードとしてはまとめやすかったので、これ幸いと色々なネタを掘り起こさせてもらった。

中には現在執筆中のSEの失敗談本に使えそうな話も出たりした。こりゃラッキーだと、そんな時は大喜びで深い部分まで突っ込んで話を聞かせてもらった。

取材が終わると「なんだかまだ話し足りないなぁ」という表情をF田社長はしており、久しぶりだし飲みにでも行こうかという話になった。インタビューという場では、どうしても何らかの企画意図が絡むわけで、それを逸脱する話というのはお互いにし辛い空気がある。そうした部分を飲みに行って話そうよということになったのである。

「じゃあK月さんを駅まで見送った後で戻ってきますよ」

インタビューに対する礼を述べつつ、そんなことを言い残してひとまず会社を後にした。

「どんな店行こうか？」

「いやぁ何でもいいですよ、お任せします」

そんな会話をしながら、私とF田社長は関内の繁華街をぶらついていた。インタビューか

ら、ちょうど一時間ほどが過ぎたあたりのことである。

夜風がやたらと冷たかったが、それなりに湿気もあるようで、「身を切る」といった類の寒さではない。ヒンヤリするなぁといった空気の夜だった。

『何でもいいけど、温かい鍋料理なんかだとなお良いなぁ』

そんなことを思いつつ辺りを見回していると、お店のキャッチらしき女の子集団を見てF田社長が「おお⁉」だなんて声をあげた。相手もこちらを見て「あ〜！」などと言っている。どうやら知り合いらしい。

それであっさりと目的地は決まってしまった。俗に言う「キャバクラ」という奴である。

『少なくとも、温かい鍋料理はないんだろうな……』

嬉しそうに先導する女の子たちを眺めながら、そんなことを考えていた。

銀座の高級クラブとかも含め、以前にもこういったお店に連れてってもらったことは何度かあるけれど、正直自分はこういう店が苦手であった。別にカタブツを気取るつもりはなくて、いやどちらかというと女の人は大好きなのだけれど、こういう店は苦手なのだ。

そもそも「まだ話したりない」から飲みに行こう、もしくは二次会に流れようとなるのであって、こうしたお姉ちゃんたちとおしゃべりしに来たのではない。それなのにこうしたお店に入ってしまうと、どうしてもお姉ちゃんたちにわかるよう話をしなきゃいけなかったりして、「なんだよこいつら、邪魔だなぁ」などと思ってしまうのが常であった。

まぁだからといって、つまらんなという顔をするのは無粋というものであるし、F田社長にも申し訳ない。

それで、必要以上に盛り上がろうとはしないけれど、かといって盛り下がろうとするでなく、ごくごく普通に酒を飲んで、ごくごく普通に話をしていたりした。

しばらく話していて、ふとあることに気がついた。なぜF田社長がこういうお店にやってきたかということである。

『頭のネジを少しばかりゆるめたかったのかな……』

目の前のF田社長は、周りの女の子たちに軽口をたたきながらも、特に誰かお目当ての子がいるんだよというふうでもない。口説いてるよという素振りもない。以前別の社長さんに連れてってもらった時には、その人の愛人さんがいたり、はたまた店のママさんに惚れてるんだなぁこの人は、なんて空気があったりしたもんだけれどそんなものはなく、かといってこの店の何を気に入っているという理由があるようでもなかった。

逆にそれがいいのかな、と思ったのだ。

何の理由もなく、どうしなきゃという切迫感もなく、脳みそを回転させなきゃいけないような話題とは隔絶された場所で、ただ延々とゆるい話に花を咲かせる。それがこの人なりのストレス解消法で、脳みそをストレッチさせるひとつの手なのだろう。

自分の記憶では、F田社長の会社にいる先輩や元同期というのは、いずれもお酒がそんなに得意ではなく、こうしたお店というのも苦手なはずだった。多分彼らからしたら、こうした店に来るというのは逆にストレスとなってしまうような行いであろう。

そう考えると、こうして今ここに自分がいることも何かの役には立てているわけだ。ならばいいかと、少し合点がいった。


閉店のお時間ですということで、会計を済ませて表へ出ると、真冬の冷えた空気が酒でのぼせた頬に心地よかった。振り返れば、先ほどまで話をしていた店のお姉ちゃんたちが、「また来てくださいね」などと見送りに立っている。

まったく薄暗い照明というのはキケンなものだと実感する。室内にいた時とはまるで顔が違うのだ。月とスッポンくらい違う。

冷気で急速に醒めていく頭に、それは随分と可笑《おか》しげな光景であった。

会社に戻って少し酔いを醒ましてから帰ろうということになり、途中自動販売機で買った缶コーヒーであったまりながら、来た時とは逆方向にとぼとぼと連れだって歩く。

「なかなかああいったとこも、行けなくてさ」

ポロリとF田社長がそんなことを言った。ああ、やっぱりそうかとうなずいてみせる。

帰り道で話す内容は、先ほどまでとはうってかわって、まじめな内容のことが多かった。

仕事を取ることの難しさ。それを回すことの大切さ。そしてそのあたりで生まれる社員と自分との意識のズレ。お金の使い道に対して生じる確執。

「結局うちみたいな規模での社長業なんてさ、雑用とおんなじなんだよな」

大きくのびをしながら、F田社長はそんなことを言う。

容易に想像できる光景がひとつあった。この案件をやれという上司に対して、そんな仕事はやるべきじゃないと異を唱える部下。

かつて自分がさんざんやってきたことである。

それをやらないとなった時、では代わりの食い扶持《ぶち》はどこから誰が持ってくるのか。穴が空いてしまった時に、誰がそれを補填するというのか。

そんなこと何にも考えていなかった。ただ理屈の上では間違ってると、そう思って吠《ほ》えていただけである。

ましてや、そうした判断を下す時の心情、心労というものは、まるで理解しようともしていなかった。

自分も今の立場ではそうだし、きっと社長業というのも今の時点では通ずるものが多いのだろう。単に「やらない」と言うだけの簡単さと、すべてを背負った上で「やらない」と判断を下すことの難しさが、今はいやというほど身に染みてわかる。

そして、それを誰かに愚痴りたくとも、同じ目線で見ることのできる相手でない限りは、きっと組織の頭として、組織内のメンツに対してはこぼすことすら許されないのだろう。

とはいえ、社員の側となる先輩などからも色々話は聞いてるもんだから、一方的にどちらの肩を持つというつもりもなかった。肯定も否定もせず、ただロバの穴としてそこにいればそれでいいじゃないかと、そう思っていた。

「まぁ、俺じゃなくてもさ、アイツらとでもさ、たまにはこうやって遊びにきて、ガス抜きしてってってよ。またおごるからさ」

「はい、そうします」

真っ白い息を吐きながら、私はそんなふうに返事をした。

# 第十二章

# 快・進・撃

三月、四月と順調に執筆は進み、ＳＥの失敗談本はまもなく完成するという段階まで来ていた。順調といっても、相変わらず自分の中で当初予定した時期よりはずれ込んでいる。それでもちゃくちゃくと完成に向かって進んではいたんだよという意味の、「順調に」であった。

例の如く執筆最終段階の追い込み時期になると、カミさんは娘を連れて実家に帰り、私はカンヅメ状態でガリガリとマンガを描くなんて日々が続いた。その甲斐あって今や原稿はすべて書きあがっている。後は校正を行って出版を待つだけだった。

ただ、今回の原稿に関しては「常に右ページから各節を開始すること」などの縛りを設けていたもんだから、多くの箇所でページ数調整が生じる予定であった。ひとまずすべて書き終えたとはいえ、これはこれでなかなかに大変そうである。一応これでも練りに練って何度も見直しをした結果の文章なわけだから、そこからまた削ったり足したりするなんて作業はかなりの苦痛を伴うのだ。

そもそもこれを避けるために、執筆している最中にも行数や文字数には随分と注意をはらっていたのだ。けれども結局編集作業に入ると、漢字がひらがなに直されたり、句読点の送り方に若干の違いが出たりなどして、予定した最終ページより行があふれてしまうことなんて日常茶飯事なことになってしまった。おかげでひどいところになると、五〜六行も削り落

ちょっと売れ始めた途端に
太っちょ上司さんから
お声がかかった
せめて電話で言ってこいと
用事ができたので、今日はキャンセルにして下さい
人を呼びつけておきながら
約束の30分前に
一方的なドタキャンをくらい
縁がないのだなと理解した

とす必要があったりなどする。それはつまり補足説明となる段落を丸ごとひとつ消すほどのインパクトなわけだから、そのまま削ったのでは意味が伝わりにくいところも出てくるだろう。場合によっては、前後を含めて大幅に書き直す必要すらありそうだった。

しかしそれでも、「生みの苦しみ」に比べれば、「修正の苦しみ」はまだマシな方である。あるはずだ。そうでないと困る。だからそうに決まっているのだ。

そんなわけで、まだまだ作業が残っていたけれども、肩の荷自体は随分と軽くなっていた。

一方で、なんだか仕事のオファーが日々増えつつあるなぁという感触があった。それも、まったく接点のない、新規の会社さんから声をかけられることが増えたのだ。

内容はムック本の記事執筆であったり、イラストの依頼であったりなわけだけども、中には「イメージキャラクタをお願いしたい」なんて話もあった。それも一つではなく、複数の企業からオファーがきたのである。いずれの場合も、担当の方が「個人的にファンになった」というのに端を発して声をかけてきてくれたようだった。

しかし自社のシンボルやWEBサイトのナビゲーション役に使いたいということで、相場がわからないからまずは予算を教えてくれと言うのだけれど、そんなものは正直なところこちらにだってわからない。さてどうしたものかと、色々調べた末の予算を提示してはみたが、結局これらの話は折り合いがつかずに立ち消えとなってしまった。けれどもそうした需要が自分にはあるんだなと、それがわかっただけでも収穫だったと言える。

ムック本については「単行本の執筆優先」という方針が自分の中で固まっていたため、どれも最初の段階でお断りさせていただくことになった。どれもこれも似たような話だったことも一因である。皆例外なく「ネットワーク初心者向けのイラストメインな解説を」という話であり、それはまさに前回の書籍でやった内容そのままであったのだ。

「それだと前回の書籍でやり尽くしたという気持ちが現段階では強いので……」

そうした要件に関しては、いつもそう答えるのがお約束であった。今は自分の引き出しを増やすことに時間を費やすべきと考えていたので、あまり焼き直しを繰り返すようなお仕事を増やしたくはなかったのだ。

ところでイメージキャラクタの件にしても、きっかけは「ネットワーク用語の解説書を見て」だったと聞いている。

どうやらY口さんと手がけた『ネットワークの重要用語解説』という奴は、今じゃ他でもない私自身の広告塔として、全国津々浦々の書店さんにおいて、営業活動を繰り広げてくれているらしかった。

四月も終わろうかというあたりになると、いよいよ校正作業にも終わりが見えてきた。各ページはきっちりと収まりよくまとまり始め、書籍としての完成度も確実に高まりつつある。

個人的に、かなりこれはいけるぞという思いがあった。

内容に関しては、最初から最後まで首尾一貫したテーマでまとめあげることができたように感じているし、各エピソードのネタだってちゃんと粒が揃っている。自分が今できることの一〇〇%をきっちりとこの本には詰め込むことができたと、そうした充実感みたいなものがあるのだ。

前回の本がまぐれでなければ、この充実感はそのまま売り上げへとつながってくれるはずである。それが、「いけるぞ」という自信にもつながっていた。

ところでこの自信という奴は、何も自分だけが感じていたものじゃなかったらしい。

なんと技術評論社の営業さんが、今回のものに関しては独自のPOPを作ったりなどして、かなり販促に力を入れまっせということになったのだ。それもこれも、同じように「これはいける」と感じてくれたからこそである。

「いやぁ、もうアレは出来上がりを見れば当たり前の話ですから」

K月さんは営業サイドの動向をこちらに伝えながら、最後にそんな言葉を付け足した。彼もまた、「これはいける」と思ってくれている一人であった。

思い返せば八年前。「他にも誰か自分の絵を好いてくれる人がいるかもしれない」と始めたWEBサイトがあり、それからトロトロと今まで書き連ねてきた四コマまんががある。

今回の本というのは、その延長線上にあるマンガが、一つの大きな「売り」として起用されていた。エッセイ調にまとめあげた本文の、なんと四分の一近いページがそうしたマンガに割かれているのである。

自分の中では、これはある種の集大成だと、そんな気持ちを抱いていた。

もっとも、これが最終的に読者の人たちからはどのように受け止められるのか。それは、まだやってみなきゃわからない賭けである。

けれどもそうした本を、誰も彼もが自信を持って送り出そうとしてくれている今の状況というのは、もうたまらなく嬉しかった。

月が変わって五月となり、ＳＥの失敗談本は『ＳＥのフシギな生態』という名前にすったもんだがありながらも落ち着いて、書店に並ぶ日をいよいよ迎えようとしていた。

Ｋ月さんによると、見本誌が印刷所からあがってきた途端に、「見本誌をくれ」と社員さんが立て続けにやってきたらしい。その中にはパソコンのことなどこれっぽっちも知らない女性社員なんかもいたりして、それでも「おもしろい」という感想が寄せられてくることに、彼は少しばかり驚いた様子だった。

「これまで手がけた本の中で、一番の反響ですよ」

「次に来社される時は、でかい顔して乗り込んできてＯＫですから」

Ｋ月さんはそんなことを言って笑った。

都内で先行して行われていたテスト販売も、なかなかに好調のようだった。

技術評論社では、流通にのって出回るより先に、まずは都内の大きな書店などでテスト販売なるものを行うのが常である。おそらくは営業さんが直接卸して回っているのだと思うのだけど、これが発売日前にしてすでに完売近いというのだ。

具体的に何冊をそちらに回しているのかはわからない。したがって、実際の販売部数というのもわからない。

けれども「売れ行き具合をテストする」という目的からすると、十二分な成果を挙げつつあるのは間違いなかった。

そんな中、Y口さんからも連絡が入った。

「『ネットワークの重要用語解説』ですが、またまた増刷が決まりました。あとオマケとして、台湾でも出版したいというオファーが来てるんですが、いかがでしょうか？」

そんな嬉しい話に、いかがもカカシもないもんだ。ハイ、ハイ、ありがとうございますと、ただもうひたすらそう答えて、電話口でペコペコ頭を下げる私なのだった。


いよいよ発売日だというその日。私は朝からそわそわして、書店の開く時間を今か今かと待ちかまえていた。

発売日になるといつもこうなのだ。

ちゃんと売ってもらえてるんだろうか、もしかすると平積みなどしてもらえてるのだろうか、間違って全然違うジャンルの棚に置かれてなどいないだろうか、どうだろうかどうだろうかと、とにかく気になってしまうのである。

表向きは「初心忘るべからずということだよ」なんてうそぶいていたが、内心では「単に小心者なだけ」ということは十分に承知していた。

特に今回は営業さんが独自のPOPなんてものをこさえてくれたもんだから、いつも以上に「どうだろうかどうだろうか」の人となっていた。POPには私のWEBサイトから四コマまんがが転載されているはずと聞いていたこともあり、なんとしてもこれは一度見ておかなければと、そう固く心に誓う嗚呼《ああ》三十路の春よというわけであったのだ。

時計の針が午前十時を指し示したことを確認して、まずは駅前にある有隣堂という書店へと向かった。二階建ての造りであるこの店舗は、ここら辺りではかなり大きい部類に入ると言って良い。しかもちょうどレジの前にあるベストセラー本コーナーに、この時期はSE関連本コーナーなんてものも併設されていたもんだから、ひょっとしたらそんな嬉しい場所にだって並べてもらえているのかもしれないぞと、私は期待に胸をバクンバクンいわせていた。

さっそうと店に飛び込んで、レジの前をうろちょろとして、首をかしげながら二階へと上り、三回ほどクルクルと店内を巡回した後で、がっくりと肩を落として店を出る。

嬉しい場所に並んでいるかもとか、平積みされてるかもとかいう次元ではなかった。一冊たりとも、ここには置かれていなかったのである。

ああ太陽がやたらと目に染みるなぁ、なんて思いながら次の店へと向かうことにした。ここであきらめるわけにはいかないのだ。今日は待ちに待った「出版おめでとう」の日のはずなのである。

『そうだ、あきらめてたまるか』

絶対にウチへ帰ってから祝杯のビールを開けたくなるような、そんな気持ちになってみせるんだ。そう心に誓い、今度は駅前の大型ショッピングモール内にある、これもそれなりに大きな書店へと入っていった。

やはりない。

『えぇ、何でぇ……？』

別の意味で、とっととウチに帰ってビールを開けたくなってしまう私なのだった。

背中から魂が抜け出ていくような、そんな虚脱感とともに、私はパソコン書棚コーナーの前で立ちつくしていた。

何度見直しても、今日発売となったはずの我が新刊本は見あたらない。

有隣堂とここの二軒にないくらいなのだから、今日はもうこのあたりの書店はどこにだって入ってないに決まっているだろう。

『ああ、発売日といっても、こんな片田舎にはまだまだ配本されてないのに違いない』

ハァと深く大きなため息をつき、ガクンと首をむなしく垂れた。

うつむいた目の端で、ちょこまかと視界を行き交う店員さんの姿が見えた。あちらこちらと忙しそうに歩き回っては、ドスンと音をたててなにやら本を積み上げている。

「ん？」

顔をあげてそちらに目をやると、店員さんは平積みになっている本を動かして、新しく空きスペースを作っているところだった。そうして出来たスペースには、運んできた本の山から、十冊ほどの束を抜き出して置いていく。いくつかの場所でそれをやり終えると、またどこかへと去っていって、再び本の山を抱えて戻ってくるの繰り返しだった。

どうやら陳列をやり直しているところらしい。

「んん？」

何度目かのドスンという音を聞いた時、私の目は間違いなく見覚えのある表紙をしっかと捉《とら》えていた。

それは、探しても探しても見つからなかった、私の新刊本であった。

いかにも忙しいという顔で店員さんがどこかへ立ち去った後、ふらふらとその場所へ吸い寄せられるようにして、私は平積みにされた著書の前に立っていた。

てっぺんの一冊を手に取り、パラパラと意味もなくページをめくってみたりする。

『なんだ、発売日の書籍ってのは、まだこうして並べ替えられてる途中だったんだ』

もとの場所に本を戻し、今度は三歩ほど離れた場所からじっと眺めてみる。周囲の本が二〜三冊しか積まれていないのに対して、こいつったら十冊近い束なのだ。当然それはひときわ高い山となり、間違いなく目立つ。文句なしに目立っている。

アゴに手をあてて、私はふっと勝ち誇ったような笑いを浮かべてみた。

『あ、そうだ』

ひょっとするとＰＯＰも後から出てくるのかもしれないな。そんなふうに思ったので、さらに十歩ほど離れた場所で、私は観察を続けてみることにした。いかにも技術書を探しているのですよという顔をして、けれども全神経は著書の方へ向けておく。

三十分が過ぎ。

一時間が過ぎ。

ようやく無駄な努力であることを悟った私は、とぼとぼとやたらに重い足取りで、おとなしく家路へとつくことにした。

自宅に戻ると、早くも「購入しました〜」という声がＷＥＢサイトの方に届き始めており、しこたま私を驚かせてくれた。実のところ数日前から、ＷＥＢサイト上には「予約しましたよ」という声も立て続けに届き始めてはいたのだけれど、それでもやはり驚きは驚きである。

どうやら今回のはマンガを多用した読み物なのだということで、ウチの四コマまんがを気に入ってくれている読者さんたちが、ならばと買いに走ってくれたようであった。

しかし自分だってまだ発売を確認してきたばかりなのに、もう買いましたよという人がいる。さらには内容も確認しないままに、半ば指名買いで予約に走ってくれた人たちもいる。

どれも今までにはない現象だった。

正直なところ、反響の大きさに喜びを感じる反面、「どうなっちゃうんだろ」という怖さも同時に感じていた。

『この反動が、実は読んでみたらつまんねぇじゃんかコラ！　なんて形で帰ってこなけりゃいいけどなぁ……』

いずれにせよ、これが好評のままに終わるか、転じて悪評に変わるかは一ヶ月もしないうちに結果が出るだろう。じたばたせずに、まな板の上でじっと待とうと心に決めた。

少なくとも、売り上げという意味での結論は、思いの外早い時期に出ることとなった。

発売の翌日、Ｋ月さんから「増刷が決まりました」というメールが届いたのである。その中には、「快進撃の可能性が出てきましたよ」なんて、えらく威勢の良い言葉も躍っていた。

『は!?』

目では間違いなく文章を読めているのだけど、どうも頭の認識がついてこない。

『だって昨日の今日だよ？　ウソでしょ？』

当たり前だけど、ウソなんかではなかった。

その後も連日、ＷＥＢサイトには「買いましたよ」という声が相次ぎ、感想の書かれたメールなんかもポコポコと飛んでくる。明らかに今まで出した書籍とは、初動の反響が違っていた。

やがて出版社のＷＥＢサイトでは品切れのお知らせが出るようになり、インターネット上で書籍の通信販売を行っているサイトなどでも、ちらほらと品切れ表示が目立つようになっていく。

そうした通販サイトの売り上げランキングを見てみれば、コンピュータ書部門では大抵どこでもベストテン入りを果たし、一位を飾ることも決して珍しくはなかった。

文句なしに、売れ行き好調なのである。

こうなるともう、毎日売り上げランキングを見るのが楽しくてたまらなかった。今日はどこまでランキングを上げただろうか、いきなり飽きられたりはしてないだろうかと通販サイトを覗《のぞ》いては、「ああ良かった」と胸を撫で下ろし、「よぉし今日も祝杯だぞこれは」と晩飯に備えてビールをキンキンに冷やしてみたりなどしていた。

発売から二週間ほどが過ぎた日のこと、私はＫ月さんと「ＳＥ本が好調だよ嬉しいな飲みましょうの会」なるものに出席することとなった。つまりは打ち上げである。

「今日のお酒はおいしいですよ！」

久しぶりに会ったK月さんは、そんなことを言ってヒゲ面をゆがめ、これ以上ないほどの笑顔を見せた。こちらもまったく同感である。やぁ飲みましょう飲みましょうと、こちらもわははと笑いながらそれに応じてみせる。

「けれどもその前にちょっとだけお仕事の話があるのです」

彼はそう言うと、口ヒゲの前に人差し指をにゅっと突き出した。まるで「お静かに」とでもいうようなポーズである。

そうして不思議そうな顔で佇《たたず》む私の前に、三枚ほどのコピー用紙が差し出されてきた。どれもずらっと数字の並んだ表が、紙一面に印刷されている。

「これはですね、有隣堂や文教堂といった大型書店での売り上げ表なんです」

さきほど口ヒゲの前に突き出した人差し指は、今は表の上で細かな数字を指し示していた。

「これが一日の売り上げ冊数を示しています。これが……」

ひとつひとつ、K月さんは各数字の意味を説明する。

「つまりはですね……」

一通り説明が終わった頃には、こちらも十分に意図が読み取れつつあった。

つまりは、これらの大型書店においても「一位、もしくは二位」という売れ行き具合だと、そういうことなのだ。

「そうです！　そういうことなんです！」

「さぁ、それじゃあ飲みに行きましょう！」

そうして私たちは夜の街へと繰り出して、やたらとお互いを褒め称《たた》えながら、わははわははと飽きることなくビールを飲み交わした。

実にまったく、今日のお酒はおいしいですよの言葉通りなのだった。

# 第十三章

# 二年目に出た結論

そんな夜から数日後のこと。新創刊の雑誌に連載をお願いしたいというメールが届き、詳しい話を聞くために渋谷までお出かけすることとなった。

きっかけは担当の方が私のネットワーク本を見て感心したからなのだという話であり、したがって依頼される内容というのも、おそらくはその本に沿うようなものだろうと思われた。正直それでは近頃良くあるムック本の依頼と同じで、単なる焼き直しという域を超えそうにない。おそらく、お断りすることになるのだろうなと考えていた。

ただ、その雑誌は新創刊と言いながら、実は昔廃刊になった雑誌の生まれ変わりなのだという話に興味があった。それは、以前自分が愛読していた雑誌であり、確か記事を書かせてくれたと、過去に応募したこともあるはずなのだ。

ちなみに応募には何の返答もなかった。あの頃の自分には、すっかり慣れっこな話である。

そうした雑誌社から、ぐるりと回って仕事依頼が飛んでくるというのはおもしろかったし、何より幾度もの廃刊を経験しながら、なおも蘇《よみがえ》り続ける雑誌の制作者たちというのにも興味があった。そう、この雑誌というのは、一度廃刊になっただけではないのだ。すでに廃刊は二度、そして三度目の正直を今度こそ果たそうとしているのである。

それで、これはおもしろそうだから覗きに行ってみようと、のこのこやってきたわけなのだ。

オンラインゲームを
題材にした雑誌で
新連載スタート!!
創刊号が
休刊号になって
まじめにかなりビビる
EX
新発刊!!
オンラインゲームの
すべてがわかる
Vol.001

地図とにらめっこをしながら駅から歩くこと十数分。辿りついたのはピカピカと磨き上げられた、実に近代的なビルであった。てっきりこぢんまりとした雑居ビルだろうと想像していたので、これには思わず驚いた。

しかしエレベータに乗って指定階に上がってみるも、どこを見渡してもメールに書かれていたような社名は見当たらない。というか、会社さんらしきフロアは一ヶ所しかなく、そこには明らかに別の会社名が掲げられているのだ。

中を覗いてみればダンボールが散乱しており、ドタバタとせわしなく人があちらこちらと動き回っている。どっからどうみても「今は改装中ですよ」という雰囲気で、来客を受け付けているような空気は微塵《みじん》もない。

『まいったな…』

とはいえ地図は間違いなくこの場所を示している。こりゃもう突っ込んでいくしかないかと、私は意を決してそのフロアへ足を踏み入れた。


「いやぁ、スミマセンスミマセン」

メールをくれた担当者のI上さんは、申し訳なさそうにそう言って笑った。

「間借りして間もないもんで、表札とかぜんぜんまだ出してなかったんですよ」

結局、改装中らしきそのフロアが、間違いなく目的地であったのだ。ただ、このフロア自体は別の会社が借りており、その会社との協力関係によって、フロアの一部を間借りさせてもらっているところなのだと、そういう説明だった。どうやら今回の雑誌が復刊するにあたっても、資金的なバックアップをそこから受けるようになっているらしい。いわゆるスポンサーという奴だろう。

案内されて席に座ると、次から次へと社のメンツらしき方々がやってきた。といっても総勢四名ほどであるが、皆一様に若い。最高責任者の方にしても、自分よりせいぜい五つか六つ年上というあたりだと思う。

そうした若い編集部であるという特性なのか、それとも新創刊ならではのことなのか、本題となる連載について打ち合わせた内容は、実に柔軟性に富んだものであった。

I上さんによると、本当ならばやはりネットワーク用語についての解説をお願いしたいと、そう考えていたらしい。しかしそれに固執しようとはしないのだ。焼き直しになってしまう仕事はちょっとお受けできないんですとこちらが答えれば、ではどんな連載ならご協力いただけますかねなどと、あっさりその意を汲み取ってくれる。

さらには楽しく雑談にも付き合ってくれちゃうもんだから、気がつけばなんだか新創刊の雑誌発足に自分も協力しているような、まるで企画検討の一員となったかの如き錯覚までしてしまう。これは新鮮なおもしろさであった。

「今日は本当にありがとうございました」

「今日の話をもとにして、あらためて連載記事の企画をご提案させていただきます」

二時間近くは話し込んだであろうか、最後にそう見送られながらエレベータに乗り込む時は、ああ本当に今日は来てよかったなと心から思った。

好き勝手な話をさせてもらったので、この結果は「やはりお願いできる連載案はありませんでした」という話になってしまうのかもしれない。けれども、今日おじゃまして楽しかったのは事実なので、できれば一緒に仕事をさせてもらいたいもんだと思う自分がいた。

『新しい連載案とか、出してくれるといいけどなぁ』

そんなことを考えながら、渋谷の駅へと歩いていった。

……後日談となるが、これから半月ほど後にI上さんからは新しい連載案を提示いただくことになる。そうしてめでたく連載開始となり、ところがそれから一ヶ月後にはまたもやめでたく休刊となり、三度目の正直は「たった一号だけを発行しておしまい」という、これまでの中でも異例のスピード決着と相成ってしまう。

原因は例の「フロアを間借りさせてくれていたスポンサー会社さん」との関係にあったようだけど、詳しい内情までは知る由もない。

ただ、この会社さんというのが一年も経たずに名称をあらためて、やがてその新名称で日本のプロ野球界に一騒動を巻き起こすこととなる。そうして私はそのニュースを眺めながら、「ああ、あん時の会社さんはこんなことをやってんだなぁ」などと懐かしく思い出し、この会社をこき下ろすネタ探し中の週刊誌記者などから「連載当時のお話を聞かせてくれ」などと依頼が来たりして、「ああ週刊誌ってのはこんなふうに暗躍してるんだなぁ」などとそれなりにおもしろい経験をさせてもらうことになる。

それらはまぁ、一年後に待つ別のお話。

雑誌編集部からの帰り道、私は渋谷駅前の書店へと何の気なしに立ち寄っていた。

確か何かの週刊誌を、買おうとしたのではなかったかなぁと思う。

「あっ⁉」

そうすると驚いたことに、入り口そばの随分と目立つ場所に、先日出した『SEのフシギな生態』が平積みされていたのだ。しかもさらに驚きなのが、あれだけ見たい見たいと思っていたPOPつきなのである。

『おー、こんなとこに、おー、こんな感じになるのか』

ジロジロとそのPOPを眺め、中に書いてある文言を読み、やや距離を置いてウンウンとうなずきながら周囲との調和具合を確かめてみる。想像していたのとは少しばかり異なるけれど、確かにこれはあると良いものだなぁなどと思った。

しかし前回までの本とはつくづく扱いが違うものだ。

それでも前作の『ネットワークの重要用語解説』は、発売から半年が過ぎたあたりで「仕事のオファー」という形の影響を示し始めていた。今日の連載話だって、間違いなくこの本のおかげなのである。

ところが今回の『SEのフシギな生態』ときたら、これまでのいずれとも、もちろん前作の『ネットワークの重要用語解説』とも、スタートダッシュの売れ行き具合は比べものにならなかった。二度目の増刷だって、発売一ヶ月を待たずしてすでに決まっており、なんと続編を出すことまですでに決定済みなのだ。当初は別企画が進行していたのだけれど、ピンと思いついた題材があったので、「鉄は熱いうちに打てですよ」と、K月さんにねじ込んだのである。

じゃあ、いったいこいつの影響というのは、どれくらいの時期が過ぎたあたりから、どのような形でやってくるというのだろうか。

K月さんの話では、前回の『ネットワークの重要用語解説』、そして今回の『SEのフシギな生態』と、二作連続で売れたという実績は随分と評価が高いらしい。技術評論社内ではもう「通そうと思えばどんな企画でも通せる」という立場に自分はなっているのだということだった。

これがもし話半分だとしても、以前より恵まれた立場になりつつあるのは間違いない。

『……んじゃ行くか』

十分すぎるほどにPOPを眺め尽くしてしまったので、いい加減そろそろ帰りますかと、駅へ向かうことにした。

『ほんの一年前は、こうして駅へ向かう道すがら、随分としんどいことを考えていたもんだけどなぁ』

ガタガタガタとガードの上を走り抜ける電車の音を聞きながら、今となっては懐かしい、VisualC++　本のことを思い出していた。

発売から一ヶ月半が過ぎても、売れ行き具合は一向に衰える気配がなかった。

発売日に駆けつけた例の有隣堂などでは、レジ前のSE関連本コーナーどころか、そこと併設されているベストセラー本コーナーにも置いてもらえるようになり、コンピュータ書部門の一位を華々しく飾るようになっていた。そしてなんと嬉しいことに、この後も数ヶ月間、コイツはこの場所を定位置として延々と居座り続けることになるのである。おかげで私などは、そこを訪れる度に「おお、まだここに居るよ」なんて言って、満足げにニヤニヤと笑ったりするという、悪趣味な習慣をこの後身につけることとなる。

さらには仕事のオファーも以前に増して、当社比倍といった勢いで急速に増えつつあった。どれもこれも焼き直しに近い話だったので、ほとんどが断らざるを得ないものだったけれど、状況の変化というのは十二分に肌で感じ取ることができる。しかもコンピュータ書の版元だけでなく、一般書の版元などからも声をかけてもらえるようになっていたのだ。

どうやら仕事を得るために半泣きで奔走する時代は、今や過ぎ去ろうとしてくれているらしい。

「三年経っても目が出ないようならサラリーマンに戻るよ」

カミさんとかつて交わされた約束は、二年目にしてどうやら結論が出そうである。

もちろんそれは、「ちゃんと食っていけそうだよ」という結論でだ。

# 第十四章

# 時給とのタタカイ

窓の外でけたたましく鳴きわめくミンミンゼミの声に悪態をつきながら、私はパチパチと『SEのフシギな生態』の続編にあたる原稿を書き連ねていた。

前作が売れた売れたと大喜びしている間に、気がつけば季節は夏である。光陰矢の如しとは言うけれども、本当にここらあたりの時の流れ方というのは、あっという間の出来事だった。

時折ガコンと音をたてて、ミンミンゼミが窓へ突進してきたりする。多くはそこで「おっととと、なんだなんだこれはなんだ」とびっくりしたように羽音をバシバシ立てながら飛び去っていくのだが、時々何事にも動じませんというような性根のすわった奴がいる。

これがこともあろうに、そのまま窓枠にしがみついて、ミンミンと鳴き始めるのだ。いくら夏の風物詩とはいえ、これは許しおくわけにいかなかった。なんせ窓一枚隔てたこちら側はかつての物置を無理矢理に仕事場へと作り替えたもので、六畳間にタンスや本棚や仕事机などがぎっしり詰まった狭苦しいスペースである。そんなとこで鳴かれてしまうと部屋中に反響してこちらの鼓膜までがミンミンと震えそうになってしまうのだ。

すぐさまほうきを持って表へ出ると、敵は「こりゃイカン」とただならぬ気配を察知したのか、すかさず小便という置きみやげをまき散らしつつ飛び去って行く。

それでまた悪態をついたりなどしながら、私はパチパチとキーボードを叩くのだった。

タバコをやめて筋トレを始めたら
マッチョじゃなくでぶっチョになった
あんたソレサギだよ

「う〜ん肩が痛いな……」

右肩をぐるんと回し、首を左右にひねってみる。コキンコキンと音がするものの、今ひとつすっきりとはしない。

じーっと今しがた自分が書いた文章を読み直し、それを全部消した。

以前K月さんが言ってくれたように、企画は出せば通るというのに近いものがあった。そのため、次の仕事を心配するという必要はほぼなくなり、企画を立てるにあたっても出版社受けなんてものを意識しなくて済むようになった。

おかげで本来の意味で「お客さん」となる、読者の方だけを向いた本作りができるようになった。これまでも理解ある編集さんに出会えればできたことだけど、そこの「出会う」ということまでを含めて運に左右される要素が限りなく小さくなったのだ。

かつて「キミなんかが書いても売れないよ」とやらせてもらえなかったようなことが、今ならばできるわけである。

こうなるとやってみたいと思う本はわんさとある。逆にあえて読者の側すらも見ない本にだってチャレンジしてみたかった。自分がいったいどこまでのジャンルで活動が許されるものなのか。世間様が寛容になってくれてる今のうちに、試せるものは全部試しちゃえと、そんなことを考えていた。

特にどれとも決めてはいなかったけれど、内々で次はこれかなという仕事はすでにリストアップ済みである。おそらく今の仕事にケリがつき次第、そちらへ着手することになるだろう。ということは、早く仕事をこなしていけばいくほど、試したいことを次から次へと早い時期に実践していくことができるという話になる。

これはバリバリ仕事をやればバカバカと仕事も回り、収入だって増えて試したいことも実現できてまさしく万々歳ではないですかと、周辺事情はそんなことになっていた。

前作に続いて担当になったK月さんも、「続編の調子はどうですか～」などと聞いてくる。その次はこれですよと、彼は彼で次々行きましょうみたいな気持ちを抱いてくれているようだった。

しかし一方で、そうした流れに乗りきれないままの自分がいた。

サラリーマン時代には上司が目を光らせていたように、フリーランス時代となって以降は通帳残高が常にプレッシャーを与えてくれていた。ところがあと半年ほどもすれば前作の印税が入ってきてくれるとあって、むこう一年ほどはこりゃ安泰かなと、我が通帳くんは一足お先にのんびりムードなのである。

のっかってくるはずのプレッシャーがないとなれば、基本的には怠け者な我が性根としては、これはもう弛《ゆる》むというか伸びきるというか、もし目の前にそれが実物としてあったなら、多分縄飛びが出来てしまうほどにたるみきっていたことだろう。

それに、なんだかこの頃は、いやに肩こりや腰痛が酷かった。おそらくは、そうした気持ちの弛んだ反動がきたのだろうが、妙に風邪もひきやすく、いつもなんだか熱っぽくて身体がダルい。今日だってそうだ。おかげで仕事にもなかなか身が入らずにいた。

考えてみれば社会人になって以降、体重は減少の一途を辿って今や学生時代より十キログラムも減っているのだ。日本人男性の平均からみれば十五キログラム減である。もともと脂肪のつきにくい体質だったので、相当量の筋肉が落ちているのは間違いない。

『これが何か悪影響を及ぼしているのではないだろうか』

寝ればすっきりするだろうかとベッドへ逃げ込み、目を覚ましてみても一向にすっきりしないので「ああ、またさぼっちゃっただけだな」とブルーになったりなどしながら、そんなことを薄ぼんやりと考えていた。

原稿は、無理にでも書こうと思えば書くことはできる。今は指名買いのような形で本を買ってくれる読者の人もついてくれつつあるのだから、多分それでも昔よりはそこそこに売れてくれるんだろうなとも思える。

けれども、こんなすっきりとしない頭で無理矢理にひねり出した文が自分にとってのベストだとは思えないし、そんなのを「買ってね」と言うのはなんだかとても申し訳ない。

何より前作を買った人に、「なんだ今度のはがっかりだな」と言われてしまうのではないかと、それがたまらなく怖かった。

『う〜ん』

とにかくこの体調をなんとかしたいなぁと思った。バシッと集中して、ガシガシッと書きまくって、ガハハハッと笑いながら、「いやぁすばらしいですねぇ」などと言われたいのだ。それにはやはり「バシッと仕事に集中できる」体調へと整えるのが第一歩である。

ようするにこの弛みまくった身体を鍛え直せよと、そういうことだ。

サラリーマンのように誰かが昇給してくれるわけじゃないのだから、年々収入を伸ばしていこうと思うなら、自分自身の手でそうなっていくように仕向けるしかない。それには仕事の回転を上げることが一番てっとり早い。仕事が目の前にあるのなら、そうやって回転を上げれば上げるほど、比例して収入も伸びるからだ。

もうひとつは、仕事自体のクオリティをさらに上げていくことである。

書籍であればそうやって売れ行きがさらに伸びることを祈り、イラストであれば発注単価を上げてもらうよう交渉する。そうして個々の仕事単価が上がるようにと、努力するわけである。

どちらの方法を取るにせよ、いや基本的には両方やっていかなきゃならんのだろうけど、結局必要になるのは「バシッと仕事に集中できる」という、まさにそんな身体ではないか。

頭の中で『ロッキー』のテーマが鳴り響いていた。

カーンカーンカーンカーンとゴングの音も聞こえてくる。

『じゃあ、明日からそうしよう』

晴れやかな顔で、私は再びもぞもぞと布団にもぐり込み、眠りに落ちた。

自宅から車で三十分ほどいった先に、『メガロス』というわりと大きなスポーツクラブがある。一通りの設備が揃っているのはもちろんのこと、新しい施設なので中も随分と綺麗《きれい》なのだ。それでいてお値段はチープにさせてもらってますという設定なもんだから、これはとても良いところですなと、見学にいったらひと目で気に入ってしまった。

ついでに言うなら、この時の受付にいたお姉さんも、随分とウルウルした目が美しく、これもまたひと目で気に入ってしまった。

それで、さっそく私はここへ通うことにした。

この施設ではベビースイミングなる教室も開かれており、カミさんは毎週土曜日に娘をここへ通わせたいのだという。そもそもここを見つけてきたのもカミさんなのだ。それで、「通うとなったら毎週送ってもらわなきゃならんから、アンタもついでにここへ通うようにしなさいよ。そしたら私たちの教室が終わるまでの間に、アンタはここで運動してりゃいいんだから。それなら送り迎えついでだから長く続くでしょ？」と説得されたのである。

カミさんにしてみれば、そうでもしないとコイツは絶対に三日坊主で終わるに違いないと考えたのだろう。とてもよい判断だと思う。

そのスポーツクラブでは、はじめてなんですーという人に対しては、インストラクターさんがピシッとよりそって、懇切丁寧に指導してくれるようになっている。ウォーミングアップが大事ですよとか、フォームはもうちょっとこうですかねとかいったことを、実にさわやかにニカッと微笑んだりしながら、実に良いカラダをしたお兄さんが教えてくれるわけだ。

しかしこちらは穴蔵からのっそりでてきた人間なわけだから、ニカッと微笑まれてもウニッとなんだかどこかひきつった笑いを返すのが精一杯である。「ここはこうですよっ」と、常に語尾をはずませながら話しかけられても、「はあ」と頭のてっぺんあたりから空気が抜けたような声で答えるのが精々《せいぜい》なのだ。どうもあのテンションにはついていけずに、運動する前から疲れてしまう。

バーベルやダンベルなどといった本格的なものには手を出さないし、マシンの使い方というのは学生時代にかじってたので、見ればだいたいのことがわかる。

そんなわけなので、ここの施設に関するつかみの部分だけをサラリと教えてもらい、後は自由にやらせてもらうことにした。

「はいっ、わかりましたっ、じゃあがんばってくださいねっ」

そういうことならばと彼は簡単に説明を済ませると、やはりニカッとサワヤカに微笑みながら去っていった。

初日は妙に身体を動かすのが楽しかったせいか、腹筋から背筋から肩から胸から腕から足からとそれはもう思いつく限りのマシンを回りまくってしまった。帰ろうかという頃には、それこそ肩まで腕が上がらないほどに疲れきってしまったけれど、上気した身体の中をなんだか血液がグルグルと激しく駆け回っており、それがこわばりきった筋肉を隅々までほぐしてくれているようで気持ち良い。

しかも無駄に身体を動かしてただけのくせして、「オレはやってやったぜ」なんて高揚感まであるのだ。

『運動っていいなぁ、気持ちいいもんだなぁ』

心の底からそう思った。

ところが次の日になっても特に筋肉痛など出なかったもんだから、「オレもまだまだ捨てたもんじゃなかったってことかな」などとカミさんに自慢しまくっていたら、なんとその翌日になって、ベッドから起きあがれなくなるほどの筋肉痛に見舞われてしまった。

特に腹筋がえげつない。まったく力が入らないのだ。

ベッドの上で起きあがろう起きあがろうと手足をバタつかせる姿にいたっては、まさしく亀そのものである。

『まさか、まさかまさか一日遅れで筋肉痛が来るなんて……』

「オッサンになったってことだよ」

冷ややかにこちらを見つめながら放つカミさんの言葉が、スルドク胸に突き刺さった。

そんなある日のこと、ライターの傍嶋恵子さんを経由して、とある出版社の編集さんが私に会いたいと声をかけてきた。

基本的には「声をかけてきてくれた人には必ず会う」というスタンスでいたもんだから、「ハイわかりましたー」と軽く返事はしたが、よく考えたら原稿の進みが今ひとつなのだ。あまり時間的な余裕はない。

それで、こちらの最寄り駅まで来てもらうことになった。

この会社というのは、現在お世話になっている技術評論社のK月さんも、昔在籍していたところだと聞いている。なんでも偉い渋チンな会社らしく、そのせいで人がなかなか定着しないのだという。実際K月さんやその同期もワラワラと他社へ流れてしまい、「ほんと人を育てるだけ育てて放出してるんですよ」などとK月さんは笑っていた。「それじゃあまるでプロ野球の阪神みたいじゃないですか」なんて答えたら、「そう！　まさにそれですよ！出版業界の阪神ですよ！」と、大笑いになったのを覚えている。

やってきたのは随分と若い、けれども随分と老けたヒゲをたくわえた男だった。

直前にやり取りしたメールからも「理屈っぽそうだなぁ」という雰囲気は伺い知れていたものの、実物は想像よりもさらに一段と独特な雰囲気である。

「いやぁ、インドを放浪した後に出版業界へ行きたくなって、それで未経験者のままこの会社に拾ってもらったんですよ」

彼、M野さんはそんなふうに自己紹介をした。なるほどその空気かと、思わず納得してしまった。

仕事の話を小一時間ほどして、では機会があればという話に落ち着いた。噂に違《たが》わず渋チンな会社らしいので、なかなか予算が確保できないのだという。それで、こちらが次の本でさらに実績を積んでみせた時に、それを材料として社内を説得するからその時はよろしくと、彼はヒゲをひくつかせながら笑った。もともと今日は顔つなぎだけのつもりだったらしい。

「そういえば、キタミさんってイラストだけでも仕事受けてくれるんですか？」

じゃあそろそろと席を立つ段になって、M野さんがそんなことを聞いてきた。

「ええ、もちろんです」

そう答えながら、内心では「来た」と思う。

「一点いくらくらいになりますか？」

「あー、えっと……」

この質問が苦手だった。

イラストの発注単価という奴は、これがもう相場などあってなきが如しなのだ。それこそ出版社や編集プロダクションによって、倍どころか三倍も四倍も開きがあり、しかも仕事が終わるまで金額を提示してくれないなんてこともある。いざ終わって蓋《ふた》を開けてみれば、あらまびっくり玉手箱なんてのも珍しくなかった。

そのため、あまりかけ離れた額を言うと仕事が取れなくなってしまうとあって、以前はよく相手の腹を探りながら、ドキドキしてこの質問に答えたりしていた。

しかし、最近はそれではもうダメなんだと思い始めていた。これではどうしても仕事単価にバラつきが出てしまう。ましてやそれを引き上げていこうと思うなら、自分の中にしっかりと「この仕事はこれだけの対価をいただきます」と、そうした主張ゴコロを抱かねばダメだと考えるようになっていたのだ。

相手の顔色を窺《うかが》うのではなく、自分で自分の価値を主張する。

それは、会社という箱に守られていたサラリーマン時代なら、当然のように出来ていたはずのことだった。箱を飛び出した途端に臆病になって、これまで一時的にできなくなっていただけのことだ。

「……になります、イラスト一点で」

こちらの回答を聞いて、M野さんは明らかに落胆した表情を見せた。それは高すぎるという顔である。

「白黒だともうちょっと下がりませんか？　ダメですか？……それじゃあウチからは出せないですね……」

『ああ、今自分は新しい仕事の口をひとつ失おうとしているのかもしれないな』

申し訳ないといった顔でM野さんに向き合いながら、そんなことを思う。

「すみません」

そう頭を下げると、M野さんはとんでもないと手を振った。

最近は新しく人と会う機会がそれなりに増えつつあったけれど、こうしたやり取りも同時に増えつつあった。それはつまり、「せっかくのお仕事の口を自分自身の手でつぶしている」ということに他ならない。

間違ってはいないはずだと思いつつ、それでもこうしたことが何度も続くと、「オレほんとに正しいのかな？」と、背中にはいつも冷や汗が流れるのだった。

窓にガコンとぶつかるセミの数がすっかり少なくなって、ミンミンミンミンとあれほどけたたましく鳴きわめいていた声も、今ではミィン……ミィン……ミ……イィイン……なんて、か細く聞こえる程度にまで減っていた。

窓を開けると、少し湿り気を持ってひんやりとした風が入り込んでくる。

少し遠くの方では、ドォンドォンと空砲のような音が鳴っていた。

「あの音なんだろか？」

飲み物を取りに冷蔵庫まで行った時、リビングで娘とゴロゴロ戯れているカミさんにそう聞いてみた。

「ああ、どこかで運動会やってるんでしょ」

「ふーん、そっか、もうそんな時期か」

麦茶をグラスにそそいで、それをゴクゴク飲み干しながら二人のそばへと向かう。「パァパ」などと言いながら、娘がこちらにドテドテとたどたどしく歩み寄ってきたので、その脇の下に左腕を入れて、よっこらしょと肩のあたりまで抱え上げた。

窓の方へ近づいて外を見てみれば、まぁ随分と綺麗な青空である。この空の下でやる運動会というのは、とても気持ちがいいことだろう。

ドォンという音がまた聞こえた。

「まだ忙しいの？」

「いや、もうちょっとで終わるよ」

そう答えてから、少しだけグラスに残っていた麦茶を最後まで飲み干した。

スポーツクラブに通い始めた効果は、一ヶ月も過ぎたあたりで目に見えてわかるようになった。肩こりや腰痛は消え、一日机に向かってもさほど苦しいとは思わない。風邪ともすっかり縁遠い生活となり、仕事に対する集中力だって確実に上がっていた。

そのおかげか、今回はラストスパート時期になったというのに、随分と落ち着いて過ごせたような気もする。

まったくスポーツクラブさまさまである。

執筆中であった続編は、『ＳＥのフシギな職場』というタイトルに正式名称が決まり、今月末には校了となる見込みだった。当然原稿はすべて書き上がっているので、あとは校正作業が一通り終われば完了となる。

本当に「もうちょっと」というところまで来ていた。

そういえばこの間《かん》に、Ｋ月さんからは技術評論社を退職しましたという連絡があった。しかし『ＳＥのフシギな職場』は、現状のままＫ月さんが担当するのだという。どうも彼は新会社を興したらしく、そちらへそっくりそのまま編集作業が持ち越されることになったようだ。

こちらはこちらで「時間単価を上げるため」とこちゃこちゃ動き回っていたが、Ｋ月さんもまた将来を見据えて色々と動き回っていたらしい。

『当たり前だけど、みんな動いてるんだなぁ』

娘にほっぺたをむにょっとつまみ上げられたなんともしまらない顔で、そんなことを思った。

こちらの時間単価が上がったのかどうか、それはまだわからない。少なくとも「時給の安い仕事」は身の回りから消えつつあるし、集中できるようになっているので仕事の効率も上がりつつある。良い方向には進んでいるのだろう……と思いたい。

「アンタこうやって見ると、結構ガッチリしてきたねぇ」

背中越しにカミさんの声が聞こえてきた。

「そうか？」

これが一年後になると「アンタ……ほんとデブになったね」というセリフに変わるのだけど、この時はまだ「ガッチリ」で済んでいたらしい。知らぬが仏とはこのことである。

不意に窓の外からババババババと激しい羽音が聞こえてきた。びっくりしたのか、娘がぎゅっと首元にしがみついてくる。

ミィ……ン……ババババ……。

おそらくベランダに瀕死のミンミンゼミが止まっていたのだろう。ヨレヨレとして見るからに危なっかしくはあるけども、そいつはなんとか飛び立って、遠く空の中に溶け込んでいった。

ドォン……。

その空の向こう側で、また空砲が鳴っていた。

# 第十五章

# 十年振りの再会

「なぁ、今日の夜飲みに行かねーか？」

もはや週末のお約束となったスポーツクラブの帰り道、そんな電話が友人のK藤から、突然携帯電話にかかってきた。K藤とは大学時代からの友人である。就職して次第に疎遠となる友人連中のなかにあって、今でもことあるごとに会うごく少数の人たち。彼はその一人だった。

そういえば前々から飲みに行こーぜとは言っていたのだ。しかし、今日の今日とはまた随分急な話である。コイツだって家庭持ちだからそうそう急な予定も組めないだろうに、どうしたんだろうかと不思議になった。

「どうした？　随分急な話やな？」

「いや、O崎にね、連絡取ったらさぁ、アイツ今日が引っ越しの日だとかいうのよ。明日には浜松に行っちゃうんだって」

「ん？　O崎？」

何やら唐突な話なので、今ひとつ耳にしっかりと入ってこない。

「アイツって、今までは浜松と横浜とを仕事で行き来してたらしいんだけど、それがもう浜松に腰を据えると決まったんだってさ。んで、今度結婚するのにあわせて新居を浜松に構えたから、その引っ越しにたまたま今日はこっちに戻ってきてたんだって」

自分たちの学生時代といえば…
一気飲みが大はやりでたおれる奴続出とか
イッキ！
イッキ！
イッキ！
イッキ！
イッキ！
イッキ！
イッキ！
「ワンレンボディコン」のお姉ちゃんがまだパンツ見せてたりした
パンツだ
パンツだ
パンツだ
パンツだ
そんな時代の終わる頃

「ん？　引っ越し？」

そういえば年初にK藤と話した時は、久しぶりにO崎たちとみんなで酒でも飲みに行きたいねーなどと言っていたような気がする。それでどうしたんだっけか？　ああ、それでO崎の携帯番号をコイツに教えて、じゃあ連絡取っといてよなんてお願いしといたのだ。

そーかそーか、その話か。

「だーかーらー、今日飲みに行かなかったら、もうアイツは浜松に引っ越しちゃうから次にいつ会えるかわかんないってことだよ」

「お？……ええ!?　そうなの!?」

「そうなの！　ほんとたまたま今日電話してみたら、たまたまそういうことがわかったんだよ！　それで、じゃあ飲みに行こうよって話に急遽《きゅうきょ》決まったんだよ！」

Ｏ崎というのも、同じく大学時代の友人である。しかしこちらは就職して以降は疎遠となっており、すっかり年賀状だけの付き合いであった。大学卒業後にそう間を置かず彼は結婚して、しばらくして離婚。先日もらった年賀状で「また結婚する」と聞いて、「ああ良かったね」なんてことを思っていたところだ。

「で、どうすんだよ、オレは行くけど」

「ああ、一応カミさんに確認してからだけど、行くよ行く、オレも行く」

大阪の漫才コンビ名みたいな単語を二度三度と繰り返してから電話を切った。

『そっか、Ｏ崎か。懐かしいなぁ』

仕事もちょうど今は一段落でのんびりしていたところだ。心おきなく飲んで騒いでと、満喫できることだろう。

これは思いがけず楽しみができた。今から夜のことを考えると、思わず頬は少しばかりゆるんでしまったりなどするのだった。


昨年末に出した『ＳＥのフシギな職場』もそれなりに売れてくれて、二〇〇四年はなかなか好調な滑り出しを見せていた。昨年末から年初にかけては、書き終えた反動でしばらく消しずみのように燃え尽きていたが、一月に入ると今度は新連載の話で追われてしまい、それでドタバタと過ごしているうちに、すっかり日差しも暖かくなりはじめていた。

もう日中はコートもいらないかな、そう思うことも最近は増えつつある。

「……というわけで、今晩飲みに行ってきていいかね？」

スポーツクラブから徒歩で十分ほど歩いた先に、『サティ』という総合スーパーがある。私がえっさほいさと運動をするのに要する時間は、カミさんと娘のベビースイミング教室よりも長くかかるもんだから、二人は教室が終わるといつもこのスーパーへとやってきて、買い物でもしながら待つというのが定番であった。

そこへいつものように合流した私は、開口一番そう尋ねた。もしダメだと言われたら、急いでK藤に予定変更を告げなくてはならないからだ。

「は？」

カミさんも当初の自分みたいに、今ひとつ話の中身が耳に入ってないらしい。

「だーかーらー、O崎がね……」

もう一度、ゆっくりと話の経緯を説明する。

「ああ、いいんじゃないの。ちょっとそれより聞いてよ……」

カミさんはカミさんで、このサティで起きた「ムカつく話」を早く私に言いたくてうずうずしていたらしい。まるでそんなことどうでもいいよといったふうに、今は自分のおしゃべりに夢中となっている。

「パパ、ポップコーン、たべよっか?」

娘は娘で、オモチャ屋の前にあるアンパンマンのポップコーンマシンに先ほどからずっと気を取られているようだ。しきりにこちらのズボンをぐいぐいとひっぱりながら、「そんなどうでもいい話よりもポップコーン」とでも言いたげに騒いでいる。

まったく、実に一致団結した家族である。

こちらはこちらで、「まぁ行っていいってことだから、後の話はどうでもいいや」と、ひたすらウンウンうなずくだけの人になって、二人の話にただ耳を貸していた。

夜になるとさすがにまだ幾分か冷え込むので、昼間と違ってジャンパーを羽織り、自宅を出た。

目的地までは車でも三十分近くかかる。K藤はすでに到着しているようで、近くまで来たら迎えに行くから電話をくれと連絡を寄こしてきた。どうやら先にいっぱいひっかけているらしい。

カーナビの案内任せに走っていたら随分と遠回りさせられてしまい、結局一時間近くを費やしてようやく目的地へと到着した。近くの駐車場に車を止め、迎えに来たK藤と二人で「すでに飲み始めている」という焼き肉屋へ向かう。

車で来てしまったので酒は飲めないけども、今どきなら大抵ノンアルコールビールを置いてくれている。懐かしいメンツと顔をあわせてガヤガヤやっていれば、それでも十分に楽しい席となってくれるだろう。

「ここだよ」

示された焼き肉屋のドアをガラガラと開けると、中の喧噪が一気に外へ噴き出してきた。

「おお!!」

「こっちだよ、こっちこっち!!」

その喧噪の中を、明らかに聞き覚えのある声がこちらへ向かって飛んでくる。

視線をそちらに向けると、O崎と、やはり大学時代の友人であるA取も一緒であった。

「後からT中もくるよ」

A取は口に焼き鳥をほおばりながらそう言った。ひと目でわかるほど前頭部の髪は薄くなり、額と呼ばれる部分が広くなっている。一方O崎はというと、こちらはやや頬がたるんだかなぁという程度で、各パーツにたいした変わりはないようだ。

「ひっさしぶりやなぁ」

そう言いながら席につくと、「なんだよ、まだ大阪弁なのかよ」という声が飛んできた。

「ほっとけ」

そんなふうに悪態を返し、ノンアルコールビールを注文する。

「なんだよ飲まねぇの？」

「ああ、車で来てもーたからなぁ」

そう間を置かずに運ばれてきたジョッキを掲げると、「じゃあまたあらためて」というO崎の声にあわせて皆で乾杯した。


実にひさしぶりだということで、色んな話がおもしろかった。

互いの近況も「おー、そうなんだ」「へぇーなるほどねぇ」と驚きの連続であったし、それぞれが持つ「かつての知り合いたちの近況」というのも、これまた随分と興味深かった。中にはWRCラリーで優勝したりしてるのもいるらしい。Jリーガーとなって、一度は代表入りしたのまでいる。「わはは、ワールドクラスじゃん、すげえなぁ」と、これはもうすごすぎて笑うしかなかった。

しかし何といっても学生当時のくだらなさに戻って会話するというのが、何より楽しい酒のつまみである。フリーランスになってからというもの、そういう「くだらない話をダラダラとできる間柄」に飢えてしまっていたというのもあって、ノンアルコールビールであることを忘れるくらいに陽気な酒となっていた。フリーランスの日常は、いつも孤独との闘いなのだ。

「で、どうよ？　フリーランスだとこれが大変だーとかあんのやっぱり」

「ああ、クレジットカード作らせてくんなくてねぇ」

そういえば、フリーランスの日常は、信用との闘いでもあった。

住宅ローンなどのローン審査が下りないのは当たり前として、クレジットカードなんかも全然作らせてもらえないのだ。今通ってるスポーツクラブでも、「提携カードをお作りいただいて、それで引き落としになります」とか言われたのだけど、審査が下りなかったので結局ただの銀行引き落としになってしまった。他にも色々と落とされたのだけど、あまりに数が多すぎて覚えていない。

「うっそー、やっぱそうなんだ。俺なんかゴールドカード持ってんよ」

「あ、俺も持ってる」

「俺も俺も」

どうやら自分以外は全員、この年ともなるとゴールドカードを所持しているらしい。

「俺もゴールドカード欲しくなって申し込んだんやけどなぁ」

つい最近、二月に申し込んだ奴である。これは珍しく審査が通ったのだけど、少しばかり希望とは違う結果になった。

「これでも使っとけって感じに、限度額十万円の一般カードが送られてきたわ」

「限度額十万？」

「そんなん使い物になるのか？」

一同大笑いである。なんだよそれ、それってクレジットカードとしてどうなんだよと、そんな声が飛び交っている。

「そう言われても、まずはここから始めるしかないかんなぁ。今はコツコツ使って修行してるんや」

そう言ってこちらも笑った。

ここだけの話、自分としてもこれはいいネタだと使い回している話でもある。


しかしさすがに十年という年月はすごい。

そう、学生時代から数えて気がつけば今年で十年目なのだ。つまりここにいるO崎やA取というのは社会人十年目というか、勤続十年目ということになる。ただしK藤に関しては、コイツは半フリーランス半サラリーマンみたいな立場で仕事をしているので、他の二人とはちょっと違う。

勤続十年目といえば、これはもう会社の中では完璧に中堅どころとして頼られる立場である。規模によっては重鎮になっててもおかしくない。

そんなもんだから、くだらない話の中でもチラホラと仕事の話が出たりすると、それはもう一瞬にしてプロフェッショナルな顔となる。「そこはオレちょっと詳しいよ」と論を展開するのである。

自分はそういった積み重ねを資産とする世界から離脱した男なもんだから、そうした姿というのは随分と頼もしく感じてしまう。

『ああ、みんないつの間にやらナニモノかになりつつあるんだなぁ』

グビグビとジョッキをあおりながら、焼き肉をおいしく育てながら、そんなことを考えていた。

「そういやお前、今ってどんぐらい稼いでるんだよ」

O崎だったかA取だったか、今となってはどちらから飛び出した言葉なのか定かでないのだけど、不意にそんなことを聞かれた。

正面に座っているK藤が、「コイツは稼いでんよ〜」という顔で笑っている。コイツには確か話してたもんな、と思う。

ズタボロだった昨年までの年収とは違い、今年は昨年までに手がけた書籍がどれもこれも印税というご褒美を与えてくれるようになっていたので、随分と収入も伸びる予定であった。フリーランスになる際、「保証やら控除やらを考えると、サラリーマン時代の二倍は稼げないと意味ないからね」などと言われたりしたものだが、ようやく今年になってそれも達成できる見込みとなったのだ。

K藤にも話してることだし、別にこの二人に対しても同じく隠すことはないだろう。そう思って、正直に今年の年収見込みを口にした。

今から思うと、これが失敗だった。

「なんだよそれ！　まじかよ！」

「うわ！　そんなにいっちゃうの⁉」

色々な控除。先々への不安。そのために回転資金として押さえておかないといけないお金。そうしたもろもろの金額を考慮すると、決して「荒稼ぎしている」と言える程の額ではない。けれども、サラリーマン時代の二倍を達成すべくがんばった結果の数字というのは、少しばかり彼らの想像を超えていたようだった。

「まぁ、でもあれだな、オレはそんなに金金金であくせくする人生イヤだからいいや」

A取がそんなことを言った。

「なんだよだったらここの飲み代くらいおごれよ！」

彼の口からはそんな言葉も飛び出した。

この後も、ことあるごとにA取は「おごれよ！」という言葉を口にすることになる。聞き流すようにしていたが、後味は良くなかった。


閉店時間まで居座った後で、「O崎のウチで少し酔い覚ましをしてから帰ろう」ということになった。彼の家はここから歩いて十分もかからないらしい。

外に出ると、来た時よりもさらに気温が下がっているようで、話をする口元から漏れる息が皆総じて白く流れて行く。ただ、酔い覚ましという点では心地よい冷たさだった。

途中自販機でホットの缶コーヒーを買い、とぼとぼとくだらない話をしつつ歩く。K藤などはかなりハイな気分になっているようで、明らかに声が普段よりも大きい。そのハイな調子で、先ほどからずっと質問なんだかカランでるんだかわかんないようなことをO崎にグダグダと言っていた。A取もそれに賛同してやいのやいのと囃《はや》したてている。

「なんなんだよお前らまったくよぉ」

言われる側のO崎は始終苦笑しきりだが、もともと彼はそういういじられキャラなのだ。

一年浪人していた彼は私たちよりも一つ年上で、そのせいもあるのかどことなく落ち着いた印象を与える節があった。

　それで、早い話がまぁこうして甘えられてしまうわけだ。みんな面と向かっては否定するが、そういうことなのだろうと自分などは思っている。

　もう彼の結婚式も間近に迫っているらしい。

　当初の予定では浜松近辺の人間しか呼ばないつもりだったようなのだけど、あんまりK藤やA取がグダグダ言うもんだから、「わかったよ呼ぶよ来てくれるんだな本当に」ということになった。

「いや行かねぇよ。行かねぇけど呼べよ」

「なんなんだよお前らほんとによぉ」

　頭を抱えるO崎を見て、みんなで笑った。

　それから数日後、彼から「二次会へのご招待」なるハガキが届いた。

# 第十六章

# 自由業は不自由業

O崎の結婚式……というか二次会には、遠く福島の地からもC林という友人が駆けつけることになった。このC林というのとK藤との二人が、自分が大学時代にもっともよく遊んでいた学部内でのメンツである。中でもC林にはテスト前など世話になりっぱなしだったので、無事に卒業することができたのは、コイツのおかげがおそらく七割方はあるだろうと思う。

これに浜松近辺で働いているメンツを加えると、ほぼ学部で遊んでいたメンツというのは勢揃いすることになる。

「ちょっとした同窓会気分だなぁ」

東戸塚の駅までやってきた二人を車で拾い、一路浜松まで高速を飛ばしながら、そんなことをワイワイと語り合う。もっとも語り合っていたのは運転手である私と助手席に座るC林だけで、K藤は後部座席ですっかり『マトリックス レボリューションズ』という映画にハマりっぱなしであった。後部座席には、普段娘が大好きなアンパンマンを楽しめるようにと、TVモニタが備え付けられており、それでDVDを見ることができるのだ。

「K藤！　ウルせえからボリューム小さくすんぞ！」

「ああ!?　なんでだよ！　今いいとこなんだよ！」

C林が後部座席のK藤に話しかけ、しょうがねぇなといった顔でこちらを向き、二人して苦笑する。いいや下げちゃえと無理矢理ボリュームを落としてみたが、K藤からそれ以上の

浜松という土地は住所的には静岡県だけど実のところは愛知県だと言った方が正しいような場所にある
長野
山梨
東京
千葉
神奈川
静岡
愛知

文句は出てこなかった。

まぁ聞こえるしいいやと、画面に夢中でかじりついているのだろう。

途中、富士川のサービスエリアで休憩をはさんだりしながら四時間弱ほど走り、車は目的地となる浜松に到着した。

あらかじめO崎が予約しておいてくれたホテルにチェックインを済ませ、地図を頼りに二次会の会場を目指す。しかしよく考えたら手持ち現金が足りないのだ。コンビニで下ろせばいいやと思っていたが、どうもこのあたりのコンビニにはATMというのが備わってないらしい。

『会費っていくらだっけかなぁ、どうせ男の方が高いんだろうなぁ、足りるかなぁ』

チェックイン時にホテルの宿泊料も精算してしまったのだけど、ここは支払いにクレジットカードを使うことができなかった。これがかなり痛かった。

「もし足りなかったら貸してくれ」

道すがらC林にそんなことを頼む。このあたりも何だか学生時代を思い出して懐かしい。

会場は、こぢんまりとした個人営業のレストランであった。本日貸し切りの札が掲げてあるも、中を覗くと誰もまだ来てそうにない。おそるおそる入っていくと、中には「楳図かずお？」と聞きたくなる風貌の店主がいて、「O崎くんのお友達？　まぁだ幹事の人も来てないんだよねー。まま、中で待っててよ、すぐ来ると思うから」なんて温かく迎え入れてくれた。気さくで優しそうな方であった。

しばらくすると幹事らしき女の子たちがやってきて、その求めに応じて店内の飾り付けなどを手伝っているうちにぞろぞろと人も増えてきた。やがて予定の開場時刻から三十分ほどが過ぎた頃になって、店の入り口付近がざわつき始め、団子状態となった一群が到着した。いよいよ主役たちの登場である。

社内結婚ということもあって、どうやら参加者はほとんどがお互い知り合いであるらしい。さらにここはその勤務先行きつけのお店でもあるのだろう、店主さんとも皆既知の間柄であるようだ。

そのあたりで醸し出される一体感には何やら入り込めない空気を感じつつも、こちらはこちらで披露宴から出席していた友人たちも合流して、大学時代にツルんでいたメンツが勢揃いである。

「今日って何の日だっけか？」

合流したばかりのF川がそんなことを言う。

「同窓会だろ？」

C林やK藤がそんなふうに答えて笑う。

「んじゃまぁ、こちらはこちらでかんぱ〜い」

ガチャンガチャンとグラスを鳴らし、コップに注いだビールをぐいと飲み干す。「いやぁ、懐かしいなぁ」「おお、懐かしいなぁ」などと言い合いながら、また注いでぐいと飲み干す。ゲハハゲハハと笑いながら飲んでいると、テーブルにある瓶ビールなどはまたたく間に消えてなくなるのだった。

『何やら雲行きが怪しいぞ』

そう感じ始めたのは一時間ほどが過ぎた頃だろうか。何だかやたらめったらO崎がカランでくるのだ。最初は席が遠かったのもあり、「まぁ気のせいだろ」と流していたが、どうやらそうではなかったらしい。

「なんだよ〜、何こんなとこで同窓会やってんだよ〜」

そんなふうにO崎はこちらのテーブルにやってきたかと思うと、「おお、主役登場〜!!」という周囲の声はそっちのけで、「おい！　おい！」といきなりカラみついてきたのである。

「勝ったとか思ってんじゃねぇぞ」

第一声は、確かそんなものだったと思う。

顔が笑っているので、はじめは冗談かと思った。第一何を言ってるんだか、まるで意味がわからない。

「勝ったとか、思ってんじゃねぇぞって、言ってんだよ」

こちらが呆けていると、O崎は同じ言葉を繰り返した。相変わらず顔は笑っているが、冗談にしてはしつこすぎる。しかも笑えない。

「お前酔っとるやろ？　意味わからんぞ？」

「おう酔ってるよ、悪いかよ」

頭を上下に振りながら、開き直ってそんなことを言う。

「ちょっと稼げるようになったからって、勝ったとか思ってんじゃねぇぞって言ってんだよ」

なんだそれ？　と思う。今日はじめてまともにしゃべってこんなセリフが出てくるということは、先日会った時からずっとコイツはこんなことを考えていたってことなんだろうか。あの時A取が「おごれよ！」というのをO崎はたしなめていたが、じゃあコイツもあの時は内心でこういった思いを抱えていたということなんだろうか。瞬間的に頭の中をそんなことがグルグルと回る。

その間も、O崎は「稼ぎが……」「稼ぎが……」とやかましい。何だ、何でオレがそんなことをうるさく言われなきゃなんないんだと、いい加減に腹が立ってくる。

「オレが自分の収入で何か自慢めいたこと一つでも言ったか？　お前らが教えろって言うから金額を教えただけやろ？　それとも何か言ったんか？　じゃあ謝るから、それが何か教えろや。それもなしにグダグダ言われたって、こっちは意味もわからんのじゃ」

さすがに少し語気を荒らげながら、そんなことを一気にまくし立てた。

「ほら、ほらすぐそうやって格好つけて。たまには負けを認めてみろよ。O崎さん、負けましたーって言ってみ？　言ってみ？」

どうにもまともな会話が成立しない。もっとも酔っぱらいにそれを求めるのも酷な話ではある。こちらも酔っぱらってはいたが、披露宴からずっと飲みっぱなしのO崎は、こちらなど比ではないほど酔いまくっていたのだ。

それで、もういいやと話を打ち切ることにした。

その時、ふっと目の前を何かが横切った。

「ほれっ」

不意にペチンと額を叩かれた。痛くはない、けれども一瞬キレそうになる。何といっても、こちらだって酒が入っているのだ。それも存分に。

「勝ったとか、思っててんじゃや、ね、え、ぞ」

その言葉に合わせながら、なおも二度三度と叩いてくる。

ほぼ臨界点だった。

しかしここでキレたりなどしたら、何のために浜松までわざわざやってきたのかわからなくなってしまう。せっかく祝いに来たのだから、できれば場を荒らして「誰にとってもよろしくない思い出」なんてものにはしたくなかった。

とりあえず手を振り払い、煮えくりかえる感情をぐっとこらえてみる。かといってそのままじゃプチンと切れる時が来るのは明白だったので、もう完全に背を向けて、以降は一切取り合わないことにした。

しばらく背後からグダグダと何か言う声が聞こえていたが、やがて別のテーブルから声がかかると、O崎はその場を離れて行った。

「なんだアイツ。どうしたんだ？」

F川が不思議そうな顔でそう言った。

「さあな」

そんなふうに答えて、手に持っていたグラスをぐいっとあおる。

すっかりぬるくなってしまったビールが、えらくまずかった。


二次会も終わり、あらかた人が捌《は》け終わった頃、店長さんの好意で「おいしい赤ワインを飲ませてあげるよ」ということになった。残っているのはほぼ学生時代のメンツだけである。

正直赤ワインをおいしいだなんて思ったことのない自分であったが、この時のワインは本当においしかった。しかも決して高価なわけじゃなく、せいぜい千三百円程度の物なのだと言う。これを聞いてさらに驚いた。

「なんだお前ら〜、いつまでも居着いてマスターに迷惑かけてんじゃねぇぞ〜」

ちびりちびりとやっていたところへ、O崎がそんなことを言いながら戻ってきた。奥さんは一足お先に家へ帰ったらしい。「O崎くんも飲む？」と問うマスターに、「いやさすがにもういいです」なんて答えながら、入り口近くの椅子に腰掛ける。

「よお！　キタミよぉ！」

座るなりこれである。まだあきらめてなかったのかと、そのしつこさにあらためてびっくりしてしまう。

「あ？　なんや？」

うんざりした顔でこちらが振り向くやいなや、彼はまた先ほどと同じようなことをグダグダダグダグダとがなり出した。だから何がそんなにムカつくのか言えといっても、明確な理由は出てこない。

『いいや、やっぱほっとけ』

しばらくして静かになったと思ったら、いつの間にやらO崎は椅子に腰掛けたまま眠りに落ちていた。丁重にタクシーへと押し込んで、退場願うことにする。

その後一時間ほどちびちびとワインを飲み、店を出た。

「アイツ、何があったんだろな。あんなふうにカラむアイツははじめてだよなぁ」

「なんだろうな」

ホテルまでの帰り道、夜道をとぼとぼと歩きながらそんなことを話す。ビールとワインをちゃんぽんしたせいか、それともO崎に頭をパチパチやられたせいなのか、ひどく頭が痛い。

こうして夜道を歩いていて、コイツらとひさしぶりに話ができて良かったなとは思うものの、正直来るんじゃなかったなと思いはじめていた。遠路はるばるというが、その結果がこれではあまりにもバカバカしい。明日もまた一日がかりで帰るという現実が、さらにそうしたバカバカしさに拍車をかけていた。

次の日になると私は猛烈な二日酔いに見舞われてしまった。割れそうに頭が痛かったし、吐き気もすごい。

これでは車を運転しようにも、手足がプルプルしびれてちょっとしゃれにならんということになり、急遽K藤に運転を代わってもらうことにした。意識も時々ふいっと途切れてしまうので、「これで運転しちゃあ犯罪だろう」と思えたのだ。

ホテルまでO崎夫婦が皆を見送りに来ていたが、あまりにも二日酔いが酷いのと、もうとっとと帰りたいやとつくづくバカバカしい気分になっていたのとで、たいして言葉も交わさずにそこを発った。

後部座席で横になりながら、「なんでオレはわざわざこんな頭痛になってるんだろうかなぁ」なんてことを薄ぼんやりと考えていた。

自宅へ到着すると、カミさんが「楽しかった？」と出迎えてくれた。

おそらく複雑な表情をしたんだろうなと思う。決して「楽しかった」と言えるものではなかったからだ。

「どうかしたの？」

それで、彼女はそんなふうに聞いてきた。

あまりこういったことは言わない方がいいんだろうなとは思いつつ、それでもやっぱり愚痴をこぼさずにはいれなかった。ついつい聞かれるに任せて昨日から、いや以前の焼き肉屋からの顚末《てんまつ》をカミさんに言って聞かせた。

「しょうがないよ」

しんどいねぇという顔で、彼女は力なく笑った。

「フリーで気楽にやってる人が自分より収入を追い越しちゃったもんだから、少し悔しくなっちゃったんだよきっと」

「えー、なんだよそれ」

気楽という言葉が少しカチンと来た。

「ハタからはそう見えちゃうんだよ多分。好きでフリーランスやってるんだからしょうがないよ」

「そんなこと言ったら、サラリーマンだって好きでサラリーマンやってるんじゃないか。一緒だろ？」

「それは違うよ、一緒じゃない」

それだけは違うよと、少し真面目な目をしてカミさんは首を振る。

「誰でもアンタみたいに飛び出せるわけじゃないんだよ」

そう言った後で、「まぁ、とりあえず風呂でも入ってすっきりしたら？」と、彼女はこちらの背中をポンと叩いた。

そういえば外は小雨がパラついていたので、身体中がベタベタとして気持ち悪い。

「ああ、そうする。もう沸いてんの？」

コクリと彼女がうなずくのを見届けて、私は頭をコリコリと掻きながら、勧めに応じて素直に風呂場へと向かった。

湯船にどっぷりと身体を沈め、ふーっと深く息を吐く。じんわりと温まってくるにつれて、こわばっていた身体もほぐれ、頭痛も少しは落ち着いたような気がした。

『しかしなぁ……』

浴槽の端に頭をのせてぼーっと天井を見る。もう腹立たしいという気持ちは失《う》せていた。どちらかといえばやるせない、もしくはむなしいなぁといった虚脱感が占めている。

一時的に収入が上がったからといって、次の年も同じく調子が良いとは限らないのだ。場合によっては「実入りゼロ」なんてことも、ないとは言えないのが自分の立場である。それなのにこうも文句を言われたんじゃ、少しオレってかわいそう過ぎないか？　などと思ってしまう。

カミさんの言っていることはわかる。Ｏ崎が本当のとこはどうだったかなんてわからないけども、そういった気持ちが人にはあるってことは理解できる。

『でもそれって、八つ当たりじゃないか』

八つ当たりしたくなる気持ちもわからなくはないけれど、こちらだって不感症なわけじゃない。なのにあまりにも「八つ当たりされた側の気持ち」というのが、なおざりにされてやしないかと思えてしょうがないのだ。

こちらだって、何のストレスもなく日々を過ごしているわけじゃない。ローンも組めず、クレジットも落とされ、明日の食い扶持に悩み、いかに昇給するか苦心して、かばってくれる上司もおらず、ほめてくれる同僚もおらず、責任転嫁できる組織もなく、ただひたすらに仕事上のストレスもヨロコビも自分一人の中に押し込んでいる、この気持ちというのはどうなるのだ。サラリーマンのように無条件に控除してもらえる経費なんてないもんだから、せっせかせっせかと領収書を搔き集めていると、正直むなしくなる時だってあるのだ。その気持ちというのはどうなるのだ。

『文句言われんのがイヤだったらサラリーマンに戻りなさいってなんのか？　なんだよそれ、サラリーマンってのがそんなに偉いのかよ』

少し心の留め金を外してみれば、次から次へと心の中のドロドロした部分が溢れ出してくる。

自分は自分で、それなりにここまで抱えこんできたストレスというものがあった。それが、これを機にどっと噴出してしまったようだった。

どうにも「フリーランス」という肩書きだけで、「気楽そうだ」とか「好き勝手にやってる」など様々なレッテルが貼られ、そして偏見でがんじがらめにされてしまう。理解してくれとまでは思わないが、勝手な決めつけだけでとかく口を挟む人が多いことには、いい加減辟易《へきえき》としていた。

『なんだか割りに合わねぇなほんとに……』

湯船に顔を半分ほど沈めて、ブクブクブクとあぶくをたてる。なんだか無性に気持ちの奥底がギスギスとしていた。

『C林あたりにでも久しぶりに愚痴を聞いてもらおうかな。もうなんかしんどいや……』

バシャバシャと顔をすすぎながら、そんなことを思った。

# 第十七章

# 天井知らずは空青く

「ああ、つまんなくなっちゃったなぁ」

連載用の原稿が一段落してふらりと散歩に出た私は、先ほどコンビニで買ったカフェラッテをチューチューすすりながら、目の前に広がる光景にため息をついた。

目の前にはだだっ広いだけの、真新しい土で整地された土地が広がっている。以前までここには団地が建っていて、その周りを緑がぐるりと取り囲んでいた。もっとも緑といっても「ただ単に草ぼうぼうなだけ」の雑草地帯であるが、例年なら春になると一応は花を咲かせて、このあたりに「ああ、春になったんだねぇ」という季節感を感じさせてくれたものだ。

あと、これはカミさんに言うと「またヘンなもの拾い食いして！」と怒られてしまうので黙っていたが、実はここにはこっそりと「ヘビ苺《いちご》」なんかが実をつけており、それを散歩のついでにひょいとつまんで食べるのが、ひそやかな楽しみでもあった。

トコトコとコンビニまで散歩に出て、少し迂回して帰る時の通り道である。

「ほんと、季節感も何もなくなっちゃって……」

春だというのになぁと空を見上げる。ぶぅぅぅんと重い音を響かせながら、空のど真ん中を飛行機が通り過ぎて行く。この飛行機もなんだか最近やけに増えた気がする。

不意に、ぶわっと強い風が吹いた。

同時に、目の前の更地から大量の砂ぼこりが降りそそいでくる。

四百坪もの土地を完全な平坦地にして、しかも上には真新しい土をのせてあるだけだから、風が吹くと大量の砂が舞うのである。おかげで付近の家はすべてこの時期は赤土にまみれてしまい、ウチのマンションでも管理人さんが「掃いても掃いてもキリがないよ」と憤まんやるかたない様子で話していた。

「早く何か建つなら建っちゃえよなぁ」

じゃりつく口の中の砂をぺっぺと吐き出しながら、そんなふうに毒づいた。

春眠暁を覚えずというけれど、この時期は毎年のようにぼけーっとして過ごしがちである。どうも窓から入る風はそよそよと気持ちよく眠気を誘うし、花粉症でグズつく鼻はいつも頭をぼーっとさせるのだ。

「いかんいかん」

ふと気づけばガクッとキーボードに頭をぶつける自分がいたりして、どうにもこれは締まらないことだなぁと、よだれを拭いながら思うのもしばしばだった。

そんなところへ、珍しい人からお声がかかった。

技術評論社のY口さんである。

Y口さんといえば、『ネットワークの重要用語解説』の時に担当してくれた編集さんだ。企画を通すために随分苦労してくれて、さらにはめでたく増刷初体験の本となり、「是非続編もやりましょう」などとアツく語り合った方である。

ところがこの御方、その直後に「中国事業部」なる部署へ配置転換されてしまった。「何をやる部署なんですか？」と聞いてみても、「僕にもよくわかんないのです」なんて会話になる始末で、唯一わかったことといえば「従来のコンピュータ書は手がけることができないらしい」というものだけだ。

おかげで「是非続編も……」という声は、いつか遠くの空へと消え失せて、Y口さん自身とも仕事上の接点はないまま今に至っていた。

その彼から「執筆のご相談」などというメールが届いたのである。「ありゃりゃ？」と不思議に思うのも当然のことだった。

ところがこのメールによると、中国事業部は「中国関連以外の書籍も企画・発行する」部署へ生まれ変わったのだと言うのだ。それで、また一緒にお仕事いたしましょうと、声をかけてきてくれたのだった。

「ご無沙汰していますので、ご挨拶もかねて是非お会いできないですか？」

メールはそう締めくくられている。

『この部署、要は軌道にのらなくてポシャったんだな？』

そんな失礼なことを内心では思いつつ、喜んで伺わせていただきますと返事を出した。

理由はどうあれ、Y口さんとまた仕事ができるというのは、喜ばしいことに違いない。

久々に会ったY口さんは、相変わらず無精ひげぼうぼうの「ほがらかな小熊さん」姿であった。残念ながらまだ胃に穴は空いてないらしい。なかなかにしぶとい胃袋である。

「いやいや、どうもお久しぶりです」

「いやいやいや、こちらこそこちらこそ」

そんなふうに挨拶を交わし、かつてドギマギしてしまった「どこまでも隙なくガラスでコーディネートされた」技術評論社内の打ち合わせスペースで、互いの近況などを一通り話し合う。

Y口さんの方では「こんな本をお願いしたい」という思惑がひとつあったのだけど、それは前作とカブるということでお断りさせていただき、かわりに半分冗談で「エッセイ本をやらせてよ」と頼んでみたら、これが思いの外あっさりと受け容《い》れられて驚いた。

恐るべし中国事業部である。

もはや日本とか中国という国籍だけでなく、コンピュータ書や一般書といったジャンルの壁までも乗り越えて、それはもう本当に「何でもあり」な部隊として生まれ変わったようなのだ。

「いや、それはもうがんばって最優先で取り組ませていただきますですよ」

思いがけず手に入った「一般書という新しい分野へ挑戦する機会」におののきながら、いやいや今さら冗談というのはなしですよ、こちらはもうすっかり本気ですからねと、ややうわずりつつもスルドク私は念を押していた。

そういえば驚いたことがもうひとつある。

最近はY口さんのところへ、「キタミ先生の新作ってまだですか？　何か知りませんか？」と他の編集さんや営業さんが聞きにくることが増えたというのである。そんなことを気に留めてくれる人が増えたことにもやや驚きはするけれど、それよりもなによりもとにかくその敬称に驚いてしまった。

「キタミ〝先生〟……ですか？」

ポカンと開いた口でそんなことを聞くのがよほど可笑しかったのだろう。Y口さんはニヤニヤしながら「違和感ありますか？」などと聞き返してきて、「大ありです」と答えるのを見るや、さらにアハハと声をあげて笑った。しかし蓋を開けてみれば彼自身も「何か違和感あるな」と感じていたということで、「あ、やっぱり？」と最後は二人して大笑いしてしまった。

そりゃそうだ。Y口さんと以前お仕事した時は、カタチ的には「拾ってもらった」も同然なのである。あの時彼やK月さんが企画を通そうと尽力してくれなかったら、多分今頃は就職情報誌片手に会社まわりをしていたに違いない。

それが先生とか言われているのを聞けば、「随分変わったもんだなぁ」と可笑しく思うのは当たり前の話であった。

しかしどうも先日あった友人の話といい、こちらは変わっていないつもりでも、周囲は否応なしに変わるものであるらしい。ただ、「チヤホヤな人」が増えれば「ザケンナヨの人」も増えていくようになっていて、世の中というのは常にプラスマイナス0となるよう、うまく仕組まれているようだった。

その点、目の前にいるY口さんは、あの時も今も変わらないなぁと思う。

『周囲がどうあれ、こうしてニュートラルな自分でいることが大事なんだろな』

結局二時間弱ほど話していただろうか、じゃあ引き上げますとなってエレベータへ向かう道すがら、私はそんなことを考えていた。

エレベータに乗り込むと、Y口さんがドアの向こうでペコリとお辞儀をして、「では、エッセイ本の方もよろしくお願いします」と笑った。

「はい、こちらこそよろしくお願いします」

そうだそれがあるんだ、やった本当の本当に本気だぞ。高ぶる気持ちを抑えつつ、つとめて平静にこちらもペコリと頭を下げる。

プシュと音をたてて、エレベータのドアが閉まった。

『ネットワーク本の企画について話し合った帰りも、こうしてここでニヤけてたっけかなぁ』

そんなことを思いながら、下りはじめたエレベータの中で、私は「へへへ」と笑うのだった。

東戸塚の駅についた頃には、やや日も落ちかけていて、あたりは少し薄暗くなっていた。

「でも、五時をまわってんのにこれだけ明るいんだなぁ」

バス停に向かって歩きながら、日が長くなりつつあることを実感する。

自宅方面へのバス停には、自分の他に誰もいなかった。視線を上げると、行く手前方の角をちょうど曲がろうとしているバスが見える。たった今、ここにいた全員を乗せてバスは出たばかりなのだろう。

『うわ、なんてタイミングの悪い……』

時刻表を見れば、次のバスまではあと十五分くらい待たなくてはならない。とはいえ、あとたったの十五分と考えることもできる。とりあえず「列の先頭に並べて良かったね」と、前向きに考えることにした。

ぐんぐんと周囲の暗さが増すごとに、ポツリポツリと眼前の光景に灯《あか》りが点る。

その灯りを眺めながら、Y口さんと話したエッセイ本のことを考えていた。実は帰りの電車でも、構成やエピソードなどをずっと考えていたのだ。

『こういった本を、ことあるごとにできればいいけどなぁ……』

いつかはやってみたいと思っていただけに、思いがけずチャンスが貰えたことは本当に嬉しかった。けれどその後もまたそういった仕事が得られるかといえば、それはこのお仕事の結果如何《いかん》にすべてかかっているわけである。

そう思えば単純に喜んでばかりもいられない。自然と口の端のニヤニヤも消えて、今ではすっかり真顔で考え込むようになっていた。

その一方で、コンピュータ書の分野でも、まだまだやってみたいネタというのはたくさんある。あれもこれも、それもあれも、とにかくどどんと「こんな本があったら楽しいじゃないか」というものを、ガシガシとワタクシ書きたいのでありますよと、ストックは増える一方なのだ。

こちらの方は、エッセイ本のような「新しくチャレンジする」ものと並行して、おいおい形にしていければいいなと考えていた。幸い昨年から今年にかけていろんな編集さんとお会いできたので、ある程度出版社の色というのを選びながら、企画をはめ込んでいくことができる。今ではすっかり企画会社の長となったK月さんからも、「必要なら紹介できますよ」などと言ってもらえているから、コンピュータ系の版元なら、かなり幅広く動き回ることができるだろう。

考えてみれば、随分といろんなところにパイプができたものである。

ふと、以前ライターの傍嶋恵子さんに言われたセリフが、頭の中に浮かんだ。

——なんとなくね、知らない間にそうなっちゃった……って感じかなぁ——

ああ、なるほどそれはこういうことだったのかもしれないな、と思った。

パァンとクラクションの音がして、のそのそと目的地方面行きのバスがロータリーを入ってきた。自分を先頭とするバス待ちの列は、いつの間にやら随分と長くとぐろを巻いており、「ああ、やっぱり列の先頭に並べて良かったな」と、私はそんなふうに思うのだった。

明くる日はこれでもかというほどの晴天で、まったく空には、雲ひとつない青空が広がっていた。

「なんか懐かしいねぇ」

自宅から歩いて五分ちょっとのところに大きな公園がある。私はカミさんや娘と一緒に、そこへ向かって歩いているところだった。右手は娘と手をつなぎ、左手には先ほどスーパーで買い物をした袋がぶら下がっている。その中には揚げたてのカレーパンが入っていた。

「そうだなぁ」

カミさんの言葉に、笑いながらそう答えた。

こうして出来たばかりのパンを買い込んで公園へ立ち寄るというのは、まだ娘がカミさんの腹の中にいた頃によくやっていたことだ。そういえば季節もちょうどこんな感じだったような気がする。確かに「懐かしいなぁ」と思う気持ちがあった。

特に今日はお休みというわけではない。れっきとした平日であり、仕事日である。

ただ、朝飯を食べながら「今日は郵便局へ行く用事がある」なんてポロリと口にしたのが失敗だった。「じゃあ良いお天気だから、みんなで散歩がてら一緒に行こう」などとカミさんが言い出したのである。

郵便局のすぐそばにはスーパーがあり、その帰り道には公園がある。

「久しぶりに公園でお昼を食べるのもいいよね」

調子にのってそんな提案までするカミさんに、気がつけばそのまま押し切られてしまった。やれやれと思う反面、まぁいいかとも思う。

公園入り口の石段を、じゃりじゃりと音をさせながら一段ずつ上る。石段の上を覆うように枝を広げた樹が何やら実をつけていたらしく、それがこのところの風でポロポロと飛散して、石段を紫の水玉模様に彩っていた。

「ポッポだ、ポッポだ」

公園内の広場では、あっちへチョロチョロこっちへチョロチョロと、鳩がうろつき回っていた。娘はそれを見るや、声を上げて嬉しそうに駆け寄っていった。

「先にご飯食べちゃいなー」

カミさんがそう呼び止めるのを聞きながらベンチへと座る。やがてしばらくすると娘もトテトテやってきたので、抱き上げてカミさんと自分との間に座らせ、「いただきます」と皆で手を合わせた。

むしゃりとかぶりつくカレーパンが、バリバリと音をたてる。とろけ出てくるカレールーがたまらなくうまい。娘はまだ鳩が気になるようで、口はハムスターのように大きくふくらませてむしゃむしゃ動かしているくせに、目だけは真剣に鳩の姿を追いかけていた。

その様子を見て、カミさんが可笑しそうに笑っている。

『プラスマイナス0かと思ってたけど、そんなこともないな』

ふと、少なくともこれだけは、サラリーマン時代の自分に対して「どうだ」と胸を張れるんじゃないかという気がした。多少イヤなことがあったって、こうして誰に気兼ねすることもなく家族の時間が持てるというだけで、十分もとなんか取れちゃうなと思えたのである。

見上げてみると、随分と空が高い。いつか見た空と同じだった。

そういえば年初に帰省した時、例のように皆で酒を飲んでいたら、兄貴が「自営業ってのは天井がないから夢があっていいよな」なんてことを力説していた。確かにそうだ。しかしその天井が息苦しいなどと言いながらも、その「会社という名のハコ」にどっぷり依存していたのが、かつての自分である。

だからこそハコを飛び出して広い空を見た途端、自分の立ち位置すら見失いかけてしまったのだ。

『あの頃は、この空を見て不安になったりもしたもんだけど……』
今は違う。
ちゃんと自分の足下には、しっかりとした地面がある。
見上げた空はどこまでも高く、そして、どこまでも青かった。

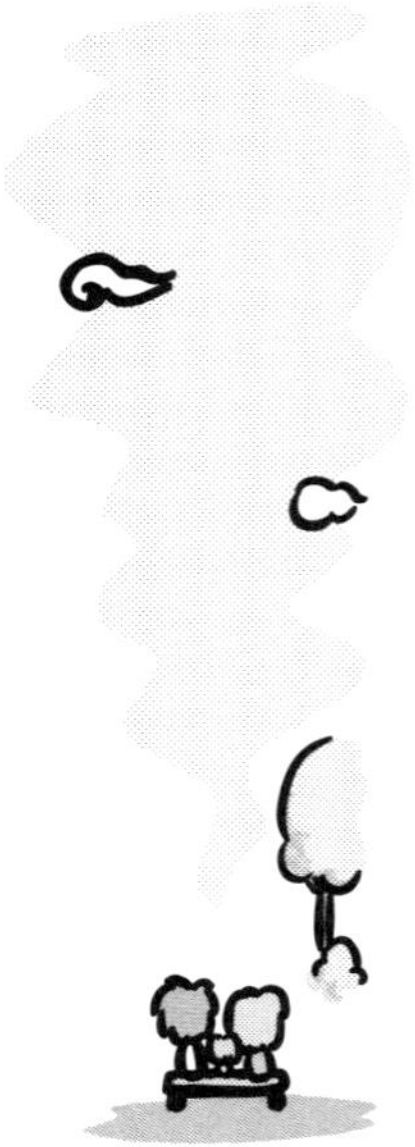

# あとがき　～子煩悩パパの幸せ～

フリーランスになってから、古巣である会社へと遊びに立ち寄った時のことです。かつての同僚と「飲みに行こうぜ」なんて話をしていたところ、「いや、娘を風呂に入れるのだけは外すわけにいかんから、早く帰らねばならんのだ」などと断られるなんて顚末がありました。

そのお家の娘さんも、自分のところより数ヶ月早く生まれただけの、まだまだ赤子の可愛い盛りです。ああそうかと、自分もこの会社で働いていた頃ならば、娘の起きてる時間に帰れるかどうかというのは、かなり微妙なラインであったに違いありません。じゃあしょうがないねと、あっさりと引くことにいたしました。

ところがその彼は、随分と不思議そうな顔をして私に聞くのです。

「そっちは帰らなくていいのか？」と。

こちらはどちらかといえば「たまには娘の世話とか、家のことを何も気にせず飲みにでも行ってくれば？」と送り出されてきた身なので、もちろん早くに帰る必要などありません。

それで、「いや、別に」と答えました。

その答えが、彼にはやっぱり随分と不思議なものに聞こえたようです。

「そうなのか、やっぱりずっと一緒にいるとそうなっちゃうのかなぁ、可愛くなくなっちゃうのかなぁ」

そう呟《つぶや》きながらこちらを見る目は、「可愛く思えないのもしょうがないんだよねきっと」なんて語りかけていました。

『それ、違〜う!!』

あわてて「いやそんなことないよ、可愛いよ」と訂正はするものの、彼にはどうしても「ならばどうして早くに帰ろうとしないのか」というのが理解できない様子。

この時、ああ自分というのは幸せな立場にいるのかもな、と思ったものでした。

勤め人をしていた頃は、よく「仕事と家庭の両立は無理だ」なんてことを言われました。仕事がのればのるほど家に帰る時間などないと、だからどこかで割り切らなくちゃ駄目なんだということを、ことあるごとにいろんな方から言われたのです。そのうち一人は、家に帰る時間がないからと、会社のそばに愛人をこさえてそのマンションへ帰宅していました。また、別の一人は「だから子どもは作らないのだ」と言って、あまり家にも立ち寄らず、いつも会社で寝泊まりしていたように記憶しています。

それは極端な例だとしても、多かれ少なかれみんな似たような境遇にあり、それで日曜の夜になると、「おじちゃん、今度はいつ遊びに来てくれるの？」なんて我が子から言われたりするという笑い話（？）にも事欠かないほどでした。

当初こそ反骨精神をムクリと目覚めさせて「皆が無理と言うからって、自分まで無理とは限らない。オレはやってやる」なんて思ったりもしてましたが、いろいろな事情から精神面で疲弊してしまいまして、「やっぱ無理なのかなぁ」と思いはじめたりした時期もあります。

ところがこの時は同僚と話をしてふと我が身を振り返ってみれば、特に意識することなく家族の中に身をおけている自分がいるわけです。娘が笑ったといえばすぐに駆け寄りカメラを構え、娘が寝返りをうったと聞けば即座にビデオの電源を入れるなんて芸当ができるわけですよ。

決してまだまだ仕事に恵まれていると言えない時期のことではありましたけども、一旦は「無理なのかも……」と思いかけたことがあるだけに、これは隔世の感がありました。

そしてそうした気持ちは、その後も強まりこそすれ、変わることはありませんでした。

様々な紆余曲折がありながらも何とか食えるようになった今、フリーランスとなった我が身にもたらされた一番の幸せは、「子煩悩でいることが許されること」ではないのかなと、そんなふうに思うのです。

まぁ、これだって結局は「家族以外の人に会う機会が極端に減る寂しさに耐えること」なんて付録がついてきちゃうものなんですけどね。

さて、お察しのよい方なら既に気付いてるとは思いますが、本編の最後で技術評論社のY口さんと話をした「エッセイ本」、それがこの本となります。

当初は三ヶ月くらいもあれば書けるだろうと思っていたのですが、ズルズルと長引き、ずれ込み、ややY口さんに冷や汗をかかせたりなどいたしながら、半年ほどが過ぎたあたりでようやく結末へと辿りつくことができました。

まずはそこまで辛抱強く待ってくれたY口さんと、ここまで読み進めていただいた読者の方に対して、厚くお礼を述べさせていただきたいと思います。

本当にありがとうございました。

本編で書かれている通り、自分のフリーランス暮らしというのは二〇〇二年からはじまり、二〇〇四年の現在へと至ります。今は何とか食い扶持も確保できて、家族三人とりあえずは飢えずにやっていけてます。ありがたいことです。

残念ながら『SEのフシギな生態』などの、二〇〇四年を楽に過ごさせてくれた著作たちの印税というのは、最近になってパタリと入らなくなってしまい、いよいよ売れ行きも終焉《しゅうえん》を迎えつつあるようです。したがって、「なんだよてめぇ稼いでんじゃねぇかよ」と言われる立場なんてものも、これにてあっさりと終焉を迎えることになり、いやいやまだまだがんばんなきゃなぁと兜《かぶと》の緒を締め直したりする日々がはじまっています。

おかげで何とか早く左うちわ生活になんないかなぁと、じっと手を見てあらぬ妄想にふけるのが、最近のちょっとしたお気に入りです。

本書を書くにあたっては、過去にやり取りした電子メールを引っぱり出したりなどしながら、印象深いエピソードをあらためて思い返しつつ構成を行いました。しかし「印象深い」という点だけをピックアップすると、ムカついた話だとか笑えた話だとかいうのが前面に出すぎてしまって、全体としてひとつの話になってくれません。それで、目次段階で削り落としたり、場合によっては一度書き上げた後でゴリゴリと削り落としたりなんかして、随分と多くのエピソードたちが闇に葬り去られることとなりました。

そんな彼らには、いつか短編集といった形で日の目を見せてやることができればいいなと、今はそんなことを思っています。

そしてもうひとつ。

自分の今があるのは、門戸を開いてくれた傍嶋恵子さんがおり、様々な仕事を橋渡ししてくれた編集プロダクションの方がおり、そして自分色を十二分に発揮する機会を与えてくれたY口さんやK月さんという編集さんがいてくれたおかげです。

唯一自分自身を褒める点があるとすれば、それはきっとそうした人たちと巡り会うことのできた「運の良さ」に尽きるでしょう。

しかし、そんな自分も単に運だけを心の拠り所として歩いてきたわけではありません。今も細々と続けているWEBサイト（http://www.rsfactory.com/）において、いつも「買うよ」と応援してきてくれた読者の方々がいたからこそ、最後の最後で不安に押しつぶされることなく、これまでやってこれたのだと思います。

エッセイ本という、「いつかはやってみたい」と思っていた書籍が、今こうしてカタチになりました。手前みそではありますが、一応その仕上がり具合には、ささやかな満足感を抱いています。

そんなところへと自分を導いてきてくれた方々へ、そしてこれまで自分を支えてきてくれた方々への感謝の言葉を最後にして、今は筆を置きたいと思います。

本当にありがとうございました。今後ともよろしくお願いします。

二〇〇四年十一月　きたみりゅうじ

# 文庫版あとがき　〜その後のフリーランス暮らし〜

　この文庫の元となる『フリーランスはじめてみましたが…』が刊行されたのは、二〇〇五年二月のこと。執筆を終えたのが前年の十二月なので、今からちょうど三年ほど前ということになる。当時は「フリーになったはじめの一番しんどいとこは脱出した」と思っており、てっきりその後の仕事は安定基調にのっていくだろうなんて考えていた。今回文庫化にあたって久しぶりに元本を読み返してみたところ、「なんとか落ち着けたぞ……」なんて考えでほっとひと息ついているのが見てとれる。実にほほえましい。

　ところが実は、それからわずか半年もしないうちに、私は「サラリーマンに戻るべきなんじゃないのか？」と葛藤することになるのである。

　元本を出して、様々な感想をいただく中で、特に意外だった声が「思ったほど順風満帆ではなかったのねこの人」というものだった。はたから見ている分には、さっと脱サラして、さっとプチヒットを出して、ささっと安定基調に入った人……と見られていたらしい。おもしろいなぁと思う。実際の自分といえば、「なんでまた、こんなご時世にこんな業界に飛び込んできたの？」とあきれられるのが日常のことで、仕事上同席した人に挨拶したって「あ、そう。で、アンタだれ？」なんて具合に冷たく一瞥されるのが関の山。ほんと、一個人として価値を認めてもらうことの難しさと、ずっと向き合わざるを得ない立場で四苦八苦していたからだ。

元本を書いた二〇〇四年当時は、なんとかそういう状態から脱しつつあったものの、本文中にもある通り「まだまだ新しいものを試していきたい」というさなかだった。いや、試していきたいというか、試していかんとダメだったんすよね。そうじゃないと未来がないと思ってた。なので色々と試したのだ。ほぼ全編を文章で埋めた、はじめてのエッセイとなるこの本もその一環。そしてこの本の後には、逆にほぼ全編をマンガで埋めた、はじめてのエッセイマンガを出す予定でもあった。

ところがどちらも、あまり芳しい売り上げにはなってくれなかった。まったく売れなかったわけではないけれど、かけた労力のわりには売り上げに結びついてくれなかったのだ。

二冊あわせると、まるまる一年をそこに費やしたことになる。しかし売り上げで見れば、せいぜい半年、いや四ヶ月分程度の売り上げにしかなってくれていない。

「がんばった結果が、必ずしも金銭的な面で報いてもらえるとは限らない」

あまりに当たり前なその現実に直面して、再び資金ショートという恐怖が目の前にやってきて、そして気づくのだ、「ああ、この生活ってのは、けっきょくギャンブル以外の何モノでもないなぁ」と。

ここで話は冒頭につながる。「サラリーマンに戻ろうかな」と思うのである。

現状で、なんとか仕事を回していくことはできる。本を書かせてもらえる版元はできたので、脱サラ当初みたいな「なんも仕事がない」状態よりかはマシなのだ。でも、こんな自転車操業状態では、家族を安心させてあげられない。万一の保証がないまま単にお金が回転するだけの生活では、家長としての責任が果たせてない。それは自分個人のワガママ生活をしているだけでしかない。

そこまで考えた時に、「じゃあ、今サラリーマンに戻ったとして」とも考えた。

「今サラリーマンに戻ると、そこで自分がやらざるを得なくなるであろう仕事、費やすであろう時間がある。それと同じだけの働きを、今ここにいる自分はやってると言えるんだろうか？」

答えは否である。そこまで今の自分はやれていない。通勤時間も入れたら、かつてサラリーマンをしていた頃は、一日十四〜十六時間ほどを会社に拘束されていたことになる。その十四時間あまりを、サラリーマンに戻ったと思ってきっちり今の立場のまま仕事に費やすことができたなら……。

ようするに慢心があったのだ。サラリーマンに戻るうんぬんの話じゃなくて、がんばりきれていなかったのである。

そう反省して、ただがむしゃらにがんばりはじめて数日後、連載のオファーが舞い込んできた。それも複数。

こうして、事態は一気に好転していくことになる。


あいかわらず自分のフリーランス生活は強運に助けられながら今も続いています。ただ最近は運に対する考え方が多少変わってきていて、「土壇場で助けられることじゃなくて、実は初期の取り返しがつく段階で失敗して勉強させてくれることこそが一番の強運なんじゃないだろうか」と思うようになりました。まさに「失敗は成功の母」というか、自分流に言えば「失敗は棚卸しの好機」なのです。

ほんとに、誰かが自分に勉強させてくれてるとしか思えないもんなぁ。

……と、そんなこんなの流れがあって、反省して、勉強した結果、おかげさまで今は連載も複数持たせてもらえていて、生活を安定させる種として存分に活用させていただいてます。

ただ、この連載のオファーが来た理由というのが実はちゃんとあって、「単に運だけじゃなかったんだ」という話を後日知ることになったりもするわけですが……、そろそろスペースもなくなっちゃったので、それについてはまた別の機会にでも。
そうそう、この本の中で出てきた娘はもう五歳になって、生意気にも好きな男の子ができたようです。「パパと結婚」なんて、間違っても言っちゃくれません。下の子も生まれて、そろそろ二歳。家族にも、仕事相手にも、一人の人間として向き合えるフリーランス生活が、たまらなくお気に入りな今日この頃です。

二〇〇七年十二月　きたみりゅうじ

# 解説

よしたに

……身につまされる。

今回、解説を書かないか、なんて光栄なオファーをいただいたのを機に、久々に読み返した本書の感想がまず、それだった。

フリーランスを始めてみた当時のきたみさんも現在のぼくも、ともに三十路《みそじ》前で、ともにイラストレーターを副業で続けていて、本業はＳＥ。おまけに、その年に自身の最初の本を出版とくれば、これはもう身につまされるほかない。

きたみさんはそれまでに一度転職されていて、ぼくのほうはずっと同じ会社にいるわけだけど、それにしても会社員の立場からフリーランスに身を投じるのはなまなかなことじゃないのは同じ。なにしろ未だに、ぼくは怖くてフリーなどとは考えられないのである。そんなわけで、イラストレーター、漫画家、ライターへの道にすっぱりと身を投じたきたみさんに、ぼくはほのかなあこがれをもっている。

きたみさんも本書の中で多少触れているが、なにしろサラリーマンってのは安心なのだ。口を開けば会社の悪口、なんて人もいるが、毎月文句を言わずにぼくらの給料と、年金の半額を負担してくれるのは会社なのである。そこに退職金と福利厚生のおまけがついて、なお国からはサラリーマン控除がある。こんなに美味《おい》しい商売は無い。

……それをきたみさんは、こともあろうか本書のいちばん最初に、いとも簡単に、スコーンと捨て去っちゃっているのである。

ご本人は「とにかく朝が弱いもんだから」フリーランスになった、と冗談まじりにさらっと書かれているのでそれほど気にならないのではあるが、よくよく思い起こせば、初めての赤ちゃんが生まれようって時期の行動なのだ。

それはご本人も「どっちかと言えば蛮勇」と仰っている。その結果は、資金切れへの恐怖として、本書で存分に語られている。それも、やたら、リアルに。

フリーランス初年度のエピソードは、本当に貯金残高との戦いと言っても言いすぎではないように思う。「半年分の蓄え」「かろうじて一ヶ月は食いつなげる額」とぼかしてはあるが、その時々の貯金残高が容易に想像できるのである。無意識に、あと何万円、あと何万円、と自分の給与に換算して読んでしまうと、その恐怖感は我がことのように襲い掛かってくる。……とりあえずぼくはとても怖かった。

家族と夢の二兎《にと》を追うなんて、そんな贅沢なことを考えるから……と、思われるであろう。しかしご存知の通り、現在のきたみさんは立派な人気作家。本書の最後にはもちろん成功が描かれるわけである。

これがもう、それだけ聞いていたら、チクショウうらやましい憎らしいねたましい、と思うところなのであるが……お子さんの誕生もあわせて描かれてしまったら、よかったね、としか言えない心境になってしまう。それが、また、うまくて憎い。

絵が書ける上に、文章までこう達者に書かれては、ぼくの立つ瀬が無いではないか、と、きたみさんのご著書を拝見するにつけ、いつもそう思うのである。

さて。

本書の解説を書かせていただくきっかけとなったのは、とある就職イベント。

ＳＥ出身のイラストレーターという立場で、トークイベントにご一緒させていただく機会があった。

きたみさんには前々から並々ならぬ注目（まかりまちがったら『きたみ先輩』と呼びかねないくらいの）をしていたぼくは、その際あつかましくも、ぼくの分と後輩の分、二冊もサインをお願いしてしまった。実は、そのうち一冊が、文庫になる前の本書であったりする。

それがきっかけ、というわけではないだろうが、打ち上げの際きたみさんに、

「よしたにさんは会社辞めないの？」

と聞かれた。しばらく考えて、

「独立して食えるか怖いし、辞められないっすねぇ」

と答えたところ、

「……なんでそんな死に急ぐような選択を」

と、多少青ざめた顔で絶句された。やはり、SEをしながら本を書くというのは、命を縮めるような真似なのだろうか……。

フリーランスになるかどうかは、本書の続刊を期待して、それを読んで考えてみようと思う。

前回からちょうど三年経っていることだし、そろそろネタもたまってるでしょ、きたみさん？

――漫画家

この作品は二〇〇五年二月技術評論社より刊行された『フリーランスはじめてみましたが…』を改題したものです。

# 幻冬舎文庫

●最新刊
## 水没
青函トンネル殺人事件
安東能明

ファッションデザイナー・三上連は、少年の頃、ある人間を殺して青函トンネルの中に隠した。それから25年、パリで活躍する彼のもとに脅迫状が届く。帰郷した彼を待っていたのは……。

●最新刊
## 円満退社
江上　剛

東京大学を出て一流銀行に勤めるも出世とは無縁。うだつの上がらぬ宮仕えを三四年続けてきた男が、定年退職の日に打って出た人生最大の賭けとは？哀歓に満ちたサラリーマン小説。

●最新刊
## 愛するということ
小池真理子

恋愛。この苦しみからどうやって逃れようか。どれほど大きな悲しみ、猛烈な嫉妬、喪失感に襲われようとも、私たちは生きなければならない。快感と絶望が全身を貫く、甘美で強烈な恋愛小説。

●最新刊
## 宵待の月
鈴木英治

半兵衛は戦では右に出るものがいないほどの剣の達人。しかし、亡くなった家臣を数えては眠れぬ夜を過ごしていた。「生きたい」という想いと使命の間で揺れ動く、武士の心情を描いた時代小説。

●最新刊
## 開国
津本　陽

江戸湾防備を命じられた武州忍藩主・松平忠国が察知した幕藩体制の綻び。幕政の立て直しに奔走する忠国をはじめ、未曾有の国難に立ち向かう吉田松陰、佐久間象山らの奮闘を描く幕末群像記。

# フリーランスのジタバタな舞《ぶ》台《たい》裏《うら》

きたみりゅうじ

平成19年12月10日　初版発行

発行者――見城徹
発行所――株式会社幻冬舎
〒151-0051東京都渋谷区千駄ヶ谷4-9-7
電話　03(5411)6222(営業)
　　　03(5411)6211(編集)
振替00120-8-767643
印刷・製本―株式会社 光邦
装丁者――高橋雅之

万一、落丁乱丁のある場合は送料小社負担でお取替致します。小社宛にお送り下さい。
定価はカバーに表示してあります。


幻冬舎文庫

ISBN978-4-344-41050-3　C0195　き-16-4